Ines Allerheiligen

Schuld verjährt nicht

Kriminalroman

Ines Allerheiligen
Schuld verjährt nicht

Kriminalroman

Bibliografische Information der Deutschen Nationalbibliothek:
Die Deutsche Nationalbibliothek verzeichnet diese Publikation in der
Deutschen Nationalbibliografie; detaillierte bibliografische Daten sind im
Internet über http://dnb.dnb.de abrufbar.

Impressum
Deutschsprachige Erstausgabe Juli 2021
Copyright © 2021 Ines Allerheiligen
Umschlagdesign by www.ramschdesign.de
Umschlagfotos: Ines Allerheiligen
Lektorat: Marion Kroll

Herstellung und Verlag: BoD – Books on Demand, Norderstedt

ISBN (Print): 978-3-7543-1642-9

Alle Rechte vorbehalten.
Nachdruck, auch auszugsweise, nicht gestattet.
Das Werk, einschließlich seiner Teile, ist urheberrechtlich geschützt. Jede
Verwertung ist ohne Zustimmung des Verlages und des Autors unzulässig.
Dies gilt insbesondere für die elektronische oder sonstige Vervielfältigung,
Übersetzung, Verbreitung und öffentliche Zugänglichmachung.

Alle hier beschriebenen Personen und alle Begebenheiten sind frei
erfunden. Jede Ähnlichkeit mit
lebenden Personen ist nicht beabsichtig

Dezember 1943

Ein schriller Pfiff hallte durch die Nacht. Der Zug setzte sich langsam in Bewegung. Es ruckelte leicht und dann immer stärker. Er hielt sich an einem Scharnier der Tür fest, obwohl es eigentlich nicht nötig war. Sie standen dicht an dicht im Eisenbahnwaggon, ein Umfallen war unmöglich, dafür gab es keinen Platz. Es war bitterkalt in dieser Nacht und der Schnee fiel dicht wie ein Vorhang an den Gitterstäben der Tür vorbei. Ab und zu wehten ein paar Flocken in den Waggon und blieben auf den kalten Körpern der Männer für einige Zeit liegen, bis sie dann schmolzen und die ohnehin schon dürftige Kleidung durchnässten.

Es war ein Viehwaggon mit vernagelten Fenstern in dem sie transportiert wurden. Wohin die Reise ging war ungewiss, aber er wollte es auch gar nicht wissen. Es war eine

Reise ohne Wiederkehr, das wusste er. Am Bahnhof war er von seiner Frau, seinem Sohn und seiner Tochter getrennt worden. Die Schreie und das Weinen seiner Familie, nachdem man ihn fortgezerrt hatte, klangen noch in seinen Ohren.

Ihm war kalt und seine Kleidung lag schwer an seinem Körper. Es fiel ihm nicht leicht sich unter dem Gewicht aufrecht zu halten.

Gestern noch hatten sie den ganzen Familienschmuck und ihr Geld in die Kleidung eingenäht, damit „Sie" es nicht finden können.

Der Gedanke, dass die Ohrringe seiner lieben Mutter an den Ohren der Gemahlin eines Naziofiziers hängen könnten, hatte ihn krank gemacht. So verbrachten sie die ganze Nacht damit, alles was sie an Kostbarkeiten besaßen einzunähen. Jeder trug einen Teil in seiner Kleidung und sie hofften, dass es keiner finden würde.

Draußen dämmerte es bereits und er betete bald am Ziel zu sein. Die Männer waren müde, durchgefroren und hatten Hunger. Er konnte seine Finger kaum von dem Scharnier, an dem er sich die ganze Nacht festgehalten hatte lösen, so steif gefroren waren diese. Jeder Atemzug schmerzte ihm in seiner Lunge, so kalt war die Luft.

Die Sonne ging auf und brachte die Eiszapfen an den Luftschlitzen des Waggons zum Schmelzen. Er versuchte die Tropfen mit der Zunge aufzufangen, um seinen Durst ein wenig zu stillen. Es gelang ihm nicht.

*

Erneut ruckelte der Zug und bremste leicht ab. Er sah einige Häuser, die langsam an ihm vorbeizogen. „Endlich", dachte er und auch die restlichen Männer stöhnten auf. Keiner sprach ein Wort, als sie in den Bahnhof einfuhren, dafür waren sie zu erschöpft.

„Achtung", rief jemand von draußen. Mit quietschenden Rädern kam der Zug langsam zum Stehen. Es wurde an der Waggontür hantiert, die darauf mit einem lauten Ruck aufgezogen wurden.

„Alles raus schnell, schnell", schrie ein Offizier und trieb sie mit gezogenem Gewehr aus dem Zugwaggon. „Alles in eine Reihe aufstellen, Gesicht nach vorne." Sie beeilten sich, obwohl sie mit ihren steifen Gliedern kaum laufen konnten. „Rechts rum und los, schnell, schnell." Der Weg führte sie in eine große Halle, in der überall Kleidung, Schmuck und andere Gegenstände in großen Haufen auf dem Steinfußboden lagen. Ihm schwante Schlimmes. Der Befehl sich nackt auszuziehen, ließen seine Befürchtungen in Gewissheit umschlagen, alles war verloren.

Sie liefen nackt über den Hof in ein weiteres Gebäude. Die Ohrringe seine Mutter und all die anderen Dinge blieben zurück auf einem Haufen aus Kleidung und waren für immer verloren…

1.

Ein Hund bellte in der Ferne, ein Schwarm Wildenten krächzte am Himmel auf dem Weg gen Süden und läutete unausweichlich den Winter ein.

Peter von Hellbach war auf dem Weg zum Schloss Burgwacht. Es war ein kurzer Weg, von seiner Villa durch den Park zu dem großen, weißen Prachtbau aus dem 19. Jahrhundert. Früher wohnte hier eine alte Bremer Kaufmannsfamilie, aber seitdem Peter von Hellbach das Anwesen übernommen hatte, nutzte er es für Feierlichkeiten, Ausstellung oder Musikveranstaltungen. Den größten Teil des Jahres stand das Schlösschen leer und diente lediglich der Verschönerung seines weitläufigen Grundstückes.

Vor dem Haus befand sich ein großes schmiedeeisernes Tor, durch das man auf einen kleinen Vorplatz fuhr, der mit Kies und kleineren Bäumen sehr ansehnlich gestaltet war. Das hohe Eingangstor, die prachtvollen Säulen, sowie die zwei Türme ließen vermuten, dass es dem englischen Baustil nachempfunden war. Hinter dem Haus befand sich eine Terrasse, von der aus man in den wundervollen Park mit seinen hohen, alten Bäumen und einem großen Teich schauen konnte.

Am Wochenende hatte eine große Hochzeitsfeier stattgefunden und wie immer nach so einem Ereignis wollte er nach dem Rechten schauen.
Die Feier war friedlich verlaufen, keine laute Musik, keine grölenden Gäste im Park und pünktlich um zehn Uhr am nächsten Morgen hatte das Brautpaar den Schlüssel an ihn übergeben.

Der Gärtner harkte vor dem Haus Laub, welches in den letzten Tagen gefallen war und winkte von weitem. „Guten Morgen Herr von Hellbach". „Guten Morgen Markus, ein schönes Wochenende gehabt?", fragte Peter gut gelaunt. „Ja, wir haben mit der ganzen Familie den Garten winterfertig gemacht und am Abend dann noch alle gemütlich beieinandergesessen." „Das freut mich Markus, frohes Schaffen noch!"

Peter von Hellbach war ein großer, stattlicher Mann, etwas füllig aber nicht dick. Er hatte die wenigen grauen Haare, die ihm noch geblieben waren geschickt zur rechten Seite gekämmt. Früher einmal hatte er volle dunkle Haare gehabt, die mit den Jahren immer weniger wurden.

Er schloss die große Eingangstür auf und betrat das Schloss, um seinen Rundgang zu starten. Die Eingangshalle lag vor ihm und führte ihn in den großen Festsaal, in dem alle

Stühle und Tische fein säuberlich aufgereiht standen. Alles sah ordentlich und sauber aus. Die Bar, die sich auf der rechten Seite des Saales befand war aufgeräumt und sah blitzeblank geputzt aus. Er freute sich, denn so hatte noch keine Gesellschaft seine Räumlichkeiten hinterlassen. In den meisten Fällen war noch einiges aufzuräumen und sauber zu machen, manchmal gingen auch ein paar Gläser zu Bruch.

Über die Treppe gelangte er in die erste Etage mit den Gästezimmern. Einige der Gäste hatten im Schloss übernachtet, da sie von auswärts kamen. Auch hier war alles zu seiner Zufriedenheit hinterlassen worden. Über dieser Etage gab es noch ein weiteres Stockwerk, welches aber nicht genutzt wurde. Hier befanden sich zwar noch eine Menge zusätzlicher Zimmer, aber sie standen alle leer und waren nicht hergerichtet.
Das Highlight des Schlosses war eine vierzig Quadratmeter große Terrasse, von der aus man das gesamte Anwesen überblicken

konnte, die aber unbedingt Sanierungsbedarf hatte und deshalb zurzeit nicht genutzt wurde.

Zum Abschluss ging Peter noch in den Keller, um für sich und seine Frau eine Flasche Wein für das bevorstehende Mittagessen zu holen. Der Weinkeller bestand aus fünf einzelnen Kellerräumen. In einem der Räume befanden sich gut eintausendfünfhundert Flaschen Wein aus vielen verschiedenen Ländern der Erde. Alle diese Länder hatte er bereits bereist und aus jedem als Andenken verschiedene Flaschen Wein mitgebracht. Er entschied sich für einen trockenen französischen Weißwein.
Auf dem Weg zurück in die Eingangshalle kam er an einem kleinen Abstellraum vorbei, dessen Tür nicht vollständig geschlossen war. Peter schloss die Tür und ging weiter. Plötzlich stutze er und blieb stehen. Diese Tür war eigentlich immer verschlossen und der Schlüssel hing in seinem Büro im Haus. Er

ging zurück und öffnete die Tür wieder. Die elektrische Versorgung, sowie die Wasseranschlüsse des Hauses waren hier untergebracht. Peter schaltete das Licht an und schaute durch den Raum.

Der Mann lag gekrümmt am Boden, umgeben von einer Blutlache, sowie Schutt und Steinen, die aus der Kellermauer gebrochen waren. Den Meißel hielt er noch in seiner rechten Hand, der linke Arm lag verdreht hinter seinem Rücken.
An seinem Hinterkopf klaffte eine große Wunde, die sich bis zum linken Ohr zog. Sein schwarzes, lockiges Haar war blutverkrustet und bedeckte sein Gesicht.

*

Das Telefon klingelte pünktlich zur Mittagszeit. „Wolf", meldete sich Hanna, und schob sich den ersten Bissen ihrer Lasagne in den Mund, für die ihr Freund Till den ganzen Morgen in der Küche gewirbelt hatte. „Hallo Hanna, hier ist Kai. Ich hoffe ich störe nicht. Das Kommissariat hat gerade angerufen. Sie haben eine Leiche, wir sollen sofort hinkommen. Die Rechtsmedizin und die KTU sind schon auf dem Weg. Ich hol dich in zehn Minuten ab, bis dann." Hanna schluckte und schaute Till an. „Wir haben eine Leiche, ich muss leider los. Das Essen holen wir später nach." „Ok, dann warte ich auf dich und wir können heute Abend zusammen essen. Hoffentlich wird es nicht zu spät!" „Ich weiß leider noch nichts Genaueres. Kai wird mir sicher gleich die Einzelheiten berichten. Also dann bis später. Tschüss!" „Tschüss, Hanna!"

Hanna zog sich ihre Jacke an, die im Flur an der Garderobe hing. Mit einem Haarband, welches auf der Ablage des Spiegels lag, band sie sich ihre roten Locken zu einem Zopf zusammen. Die einzige Möglichkeit ihre schulterlange, störrische Haarpracht zu bändigen. Sie war Mitte dreißig, schlank, groß und sehr sportlich. Gekonnt wich sie den Schuhen aus, die verstreut auf dem Fußboden vor der Haustür herumlagen, schnappte sich ihre Tasche und stand keine fünf Minuten, nachdem sie das Telefonat mit Kai beendet hatte vor der Haustür.

Hanna wohnte mit ihrem Freund seit ein paar Jahren in der Weserstraße in Vegesack. Eine wunderschöne Straße, direkt an der Weser. Von ihrer Wohnung waren es nur fünf Gehminuten zur Weserpromenade und in den Ortskern von Vegesack.
Kai bog gerade um die Ecke und kam mit seinem Auto direkt vor ihr zum Stehen. Er holte sie jeden Morgen vor ihrer Haustür ab und sie fuhren zusammen ins Kommissariat. Er selber wohnte fünf Minuten entfernt im schönen Ortsteil Schönebeck, in der Nähe des Schönebecker Schlosses. Er hatte dort ein Haus in dem er alleine lebte, seitdem seine

Frau vor einem Jahr ausgezogen war. Sie waren nicht im Streit auseinander gegangen und trafen sich noch ab und zu, hatten aber beschlossen ihrer Beziehung eine kleine Pause zu gönnen. Kai war ein sportlich, schlanker Mann Ende dreißig. Er hatte blonde strubbelige Haare, die kreuz und quer nach allen Richtungen abstanden.

„Hallo Kai, weißt du schon Näheres?" „Nicht viel bis jetzt. Eine männliche Leiche, wahrscheinlich erschlagen, im Schloss Burgwacht. Der Besitzer hat sie heute Vormittag dort gefunden, als er nach einer Feier, die gestern Abend dort stattgefunden hatte nach dem Rechten schauen wollte. Da es bei uns in der Nähe ist wurden wir gerufen. Das Stadtteam hat einen Einbruch im Bremer Viertel."
Kurze Zeit später fuhren sie schon vor dem Schlösschen vor und hielten direkt auf dem Platz davor, auf dem schon einige Autos des

Bremer Kommissariats standen. Geschäftig liefen die Kollegen hin und her, die Stimmung war gedrückt, ganz dem Wetter entsprechend. Es waren mittlerweile dunkle Wolken aufgezogen und es roch nach Schnee. Der Wind war aufgefrischt und es wehte eine kühle Brise durch die kahlen Bäume. Hanna fröstelte, wobei sie nicht wusste, ob es wegen des Wetters oder der bevorstehenden Tatortbesichtigung war

*

„Ah, da seid ihr ja schon, so schnell habe ich jetzt gar nicht mit euch gerechnet."
Uwe Maschen, der diensthabende Rechtsmediziner winkte Hanna und Kai aus dem Eingangstor des Schlosses zu sich her. Uwe Maschen war klein und drahtig. Seine langen, grauen Haare hatte er zu einem Zopf gebunden, ein Relikt seiner Studentenzeit, wie er immer behauptete.

„Hallo Uwe, hast du schon was?" fragte Hanna. „Der Todeszeitpunkt liegt zwischen dreiundzwanzig Uhr und zwei Uhr heute früh. Wahrscheinliche Todesursache ein Schlag mit einem stumpfen Gegenstand auf den Hinterkopf. Der Tote ist circa fünfzig bis sechzig Jahre alte und europäischer Herkunft. Papiere hatte er nicht dabei." „Gibt es schon eine Tatwaffe oder Zeugen?" Kai umarmte den Rechtsmediziner als Begrüßung. Sie waren schon seit vielen Jahren gute Freunde und sahen sich häufig auch privat. „Nein, eine Tatwaffe ist noch nicht gefunden. Die Hochzeitsfeier ging bis zwei Uhr heute in der Früh. Es waren laut Herrn von Hellbach, dem Besitzer des Schlosses sechzig Personen anwesend. Er holt gerade die Unterlagen aus seinem Büro. Mit Hilfe des Brautpaares sollten wir dann die Namen der Gäste bald haben. Da kommt eine Menge Arbeit auf euch zu. Aber jetzt lasst uns erst Mal in den Keller gehen."

Im Keller war es taghell. In allen Ecken standen große Scheinwerfer, damit für die Spurensicherung alles gut ausgeleuchtet war.
Britta Helms und Thomas Balke von der KTU waren damit beschäftigt die Spuren zu sichern, als Hanna Wolf, Kai Siemer und Uwe Maschen den Keller betraten. Es war sehr kühl hier und Hanna zog sich den Reißverschluss ihres Wintermantels bis unter das Kinn hoch. Auch Kai fröstelte und schaute sich in dem alten Keller um.
Die fünf Kellerräume waren nicht durch Türen abgetrennt, sondern durch gemauerte Bögen miteinander verbunden. Bis auf einen großen Raum, der sich am Ende des Kellers befand, waren alle ziemlich genau gleich groß. Ein paar Regale standen an den Wänden, gefüllt mit allerlei Utensilien, die für die oben im Haus stattfindenden Feiern und Partys gedacht waren. Da gab es diverse Kerzenständer, Geschirr, Sonnenschirme und viele Kerzen. Zusätzlich standen an den Wänden noch einige Stühle und Tische für

größere Feiern. Außerdem gab es Regale die über und über mit Weinflaschen gefüllt waren. „Das müssen an die tausend Flaschen sein.", dachte Kai, wurde aber durch einen lauten Knall aus seinen Gedanken gerissen.

Einer der Scheinwerfer war umgekippt und hatte Britta Helms nur knapp verfehlt, die genau darunter gerade eine Bodenprobe nahm. Britta war noch sehr jung und ganz frisch im Team. Sie hatte eine zierliche Figur, kurzgeschnittene, braune Haare und war sehr attraktiv.

„Nichts passiert, alles in Ordnung", rief sie nicht besonders überzeugend.

„Oh, hallo ihr beiden, da seid ihr ja schon."
„Hallo Britta ", Hanna ging auf Britta zu. "Wie sieht es aus, habt ihr schon brauchbare Spuren gefunden?" „Hallo Kai, hallo Hanna", Thomas kam aus der anderen Seite des Raumes auf sie zu, wo er gerade vor der Leiche gekniet hatte und etwas in einen Beutel fallen ließ. Er war ein alter Hase im Team der

KTU und mit seinen siebenundfünfzig Jahren der Älteste. Aber das merkte man ihm nicht an. Er war sportlich, schlank und unheimlich agil. Durch sein volles braunes Haar wirkte er wesentlich jünger und er strahlte eine große Empathie, gepaart mit viel Selbstvertrauen aus.

„Wir haben diverse Spuren gefunden. Hier vorn sind mehrere Fußabdrücke. Ich schätze von zwei Personen, in den Größen dreiundvierzig und vierundvierzig. So wie es aussieht gehört der eine Fußabdruck zum Opfer, aber das müssen wir noch genauer untersuchen. Alles andere können wir erst in ein paar Tagen sagen. Die Leiche kann jetzt übrigens in die Pathologie gebracht werden, wir wären soweit fertig." „Einen kleinen Moment noch." Kai bückte sich zu dem Mann hinunter und betrachtete ihn. „Sieht so aus als hätte er an der Mauer gearbeitet und wurde dabei überrascht." „Kampfspuren sind aber keine vorhanden soweit ich sehen kann", sagte Hanna, während sie vorsichtig den Raum durchquerte um keine Spuren zu verwischen. Im Gemäuer war nur eine kleine aufgemeißelte Stelle zu erkennen. Er war also noch nicht weit gekommen mit seiner Arbeit. „Was hat er hier gesucht?", murmelte Hanna laut vor sich hin. „Was auch immer es war, jemand anderes wollte ihn daran hindern es zu vollenden. Schau hier in der Ecke liegt etwas!" Kai hielt eine Taschenlampe auf einen Gegenstand in der hintersten Ecke des Raumes, die von den großen Scheinwerfern nicht komplett ausgeleuchtet wurde. Thomas näherte sich der Ecke vorsichtig, machte ein Foto von dem Gegenstand und hob ihn auf. Es war ein Feuerzeug mit einem Schriftzug. „Gasthaus zum goldenen Schwan", las er vor. „Kennt den jemand von euch?", fragte er in die Runde. „Ich glaube, das ist ein Landgasthof zwischen Ritterhude und Osterholz-Scharmbeck.", antwortete Hanna. „Wir kümmern uns darum." Thomas ließ das Feuerzeug in einen Beutel fallen und fing an seine Utensilien zusammen zu packen.

„So, hier ist die Gästeliste." Peter von Hellbach kam schweratmend durch die Kellerräume auf sie zu. „Ich habe ihnen eine Kopie gemacht, die können sie dann behalten." „Guten Tag", Hanna streckte ihm die Hand entgegen. „Sie müssen Herr von Hellbach sein. Mein Name ist Hanna Wolf und dies ist meine Kollege Kai Siemer, Kripo Bremen." Sie überflog die Liste, die ihr Peter von Hellbach in die Hand drückte. Es befanden sich eine Menge Namen auf der Liste. Um alle zu überprüfen würde es der gesamten Abteilung einiges an Zeit und Geduld kosten.

„Ich danke ihnen Herr von Hellbach. Ist ihnen sonst noch etwas Ungewöhnliches an diesem Abend aufgefallen? Ein Auto, welches noch sehr spät gekommen ist zum Beispiel oder Personen, die nicht zu den Gästen gehörten?" Herr von Hellbach überlegte kurz und schüttelte dann den Kopf. „Nein", sagte er zu Hanna gewandt. „Alles war ruhig. Die Mehrzahl der Gäste ist mit dem Taxi gekommen oder wurde gebracht. Ich war selber einmal im Schloss, um nach dem Rechten zu schauen. Es war eine harmonische, sehr entspannte Feier." „Gut, falls ihnen noch etwas einfällt, rufen sie mich bitte an." Hanna übergab ihm ihre Karte. „Das werde ich machen. Ich wünsche ihnen noch einen schönen Tag. Auf Wiedersehen." Peter von Hellbach verließ die Kellerräume.

„Ich denke wir sind hier jetzt auch erstmal fertig, oder hast du noch etwas Thomas?", fragte Hanna. „Nein, ich habe alles fotografiert, alle Spuren sind gesichert. Die Leiche kann in die Pathologie gebracht werden. Ich hoffe gegen Abend auf die ersten Ergebnisse." Thomas Balke und Britta Helms verabschiedeten sich und machten sich auf den Weg ins Polizeipräsidium Bremen Lesum. Auch Hanna und Kai verließen die Kellerräume und gingen hinaus zum Parkplatz in Richtung ihres Autos. Sie verabschiedeten sich noch von allen Kollegen und machten sich dann auf den Weg nachhause. Da Beide heute einen freien Tag hatten verabredeten sie sich für den nächsten morgen schon früh um sieben Uhr.

2.

Hanna wachte am nächsten Morgen mit Kopfschmerzen auf. Sie hatte mit Till gestern Abend noch die Lasagne gegessen und dazu etwas Rotwein getrunken, der ihr scheinbar nicht gut bekommen war. Sie trank nur einen Kaffee zum Frühstück und verabschiedete sich von Till. „Es kann heute länger werden Till. Wir erwarten die ersten Ergebnisse des neuen Falles und müssen alles aufarbeiten. Bis später." „Tschüss und melde dich, wenn du absehen kannst wann du kommst, bitte.", antwortete Till. „Ja das mache ich, tschüss."

Till arbeitete als Sozialpädagoge in einer Beratungsstelle und hatte keine vorbestimmten Bürozeiten. Dadurch, dass er sich seine Termine selbständig einteilen konnte, war er flexibel in seinen Arbeitszeiten. Er und Hanna waren ein schönes Paar. Auch Till liebte Sport und passte durch seine kurzen roten Locken auch äußerlich perfekt zu Hanna.

Hanna schnappte sich ihre Jacke und zog sie im Rausgehen an. Sie sah, dass Kai schon Draußen vor dem Haus im Auto saß und wollte ihn nicht länger warten lassen.

„Guten Morgen Kai, gut geschlafen?" „Guten Morgen Hanna. Ja danke, trotz der Ereignisse gestern, habe ich wirklich gut geschlafen und du?" „Es geht so, ich habe noch viel nachgedacht über den Fall gestern. Ich bin gespannt auf die ersten Ergebnisse heute." „Na dann steig ein und los." lachte Kai und gab Gas.

Der Weg zum Polizeipräsidium in Bremen Lesum war nicht weit. Er führte die Beiden auf die A270 Richtung Bremen Stadt, die sie nach fünf minütiger Fahrt wieder verließen. Danach fuhren sie durch Lesum, eine der kleinen Ortschaften in Bremen, die besonders reizvoll war. Der Ort hatte eine schon fast dörfliche Atmosphäre, mit seinen engen und verwinkelten Straßen und dem zum Teil altertümlichen Gebäuden. Im Ortskern gab es viele kleine Läden, die zum Bummeln einluden und hier lag auch das Polizeipräsidium, auf einer kleinen Anhöhe, direkt in einer Kurve.

Kai lenkte das Auto die kleine Straße hinauf und hielt direkt vor dem Eingang.

Als Hanna und Kai die Treppe hinauf in den Flur der ersten Etage kamen, auf der die Kripo ihre Büros hatte, wurden sie schon vom Chef der Abteilung Hartmut Wunder erwartet.

Hartmut Wunder war von kräftiger Statur, hatte eine Glatze, die er mit Stolz trug und war bestimmt zwei Meter groß.

Er winkte sie ins Büro, bat sie sich zu setzten und ihn über die Ereignisse des gestrigen Tages aufzuklären.

„Das ist ja noch nicht sehr viel an Informationen", sagte Hartmut Wunder, lehnte sich zurück in seinem großen Schreibtischstuhl und begann leicht hin und her zu wippen. Eine Angewohnheit die zeigte, dass er nachdachte. „Wart ihr schon im Gasthaus zum goldenen Schwan?" „Nein, wir treffen uns gleich mit Uwe unten in der Pathologie und dann gibt es hoffentlich schon erste Neuigkeiten von Britta und Thomas", sagte Hanna. „Danach machen wir uns auf den Weg ins Gasthaus. Wenn wir Glück haben erkennt jemand den Toten und wir können ihm einen Namen geben." „Gut dann machen wir das so. Ich möchte heute

Nachmittag um sechzehn Uhr dreißig ein erstes Meeting bei mir im Büro mit der ganzen Abteilung. Sagt ihr den anderen Bescheid?"
„Wird gemacht Chef", nickte Kai ihm zu.
„Dann bis später", sagte Hartmut und senkte den Kopf in Richtung der Akten, die auf seinem Schreibtisch lagen. Ein Zeichen dafür, dass das Gespräch für ihn beendet war.

Hanna und Kai standen auf und verließen das Büro. „Jetzt erstmal einen starken Kaffee Willst du auch einen?", fragte Kai. „Ja gerne, ich gehe dann schon mal in mein Büro vor."
Als Kai mit zwei dampfenden Tassen Kaffee ins Büro trat, telefonierte Hanna gerade mit Thomas. Er stelle die Tasse Kaffee vor Hanna ab und setzte sich ihr gegenüber auf den kleinen Hocker, der eigentlich für Besucher gedacht war.

„Und gibt es schon erste Ergebnisse?", fragte Kai als Hanna nach einer gefühlten Ewigkeit ihr Gespräch mit Thomas beendet hatte. „Nicht viel. Die Steinbrocken, die um den

Toten herum gefunden wurden, sind wie zu erwarten war aus der aufgemeißelten Wand. Eine der Fußspuren konnte eindeutig dem Toten zugeordnet werden. Die zweite Person in dem Keller hat demnach die Schuhgröße dreiundvierzig. Ob sie vom Täter ist oder eventuell Herrn von Hellbach oder einem seiner Angestellten gehört, wird noch überprüft. Thomas versucht gerade herauszufinden, woher der Meißel stammt, den der Tote noch in der Hand hielt. Er meldet sich, sobald er etwas herausgefunden hat." „Ok das ist doch schon mal ein Anfang. Dann lass uns runter in die Pathologie zu Uwe gehen, vielleicht hat er schon die ersten Ergebnisse."

*

Die Pathologie befand sich im Keller des Polizeipräsidiums. Sie mussten einen langen schmalen Flur entlang gehen, bis sie zu einer leicht geöffneten Tür am Ende des Ganges gelangten, aus dem ein Lichtschein auf den Flur schien.

Innen stand Uwe Maschen am Seziertisch und bückte sich über den Brustkorb der Leiche, der geöffnet war. Der Rest des Körpers war abgedeckt, nur die Zehenspitzen schauten unter dem weißen Tuch hervor.

„Ah, da seid ihr ja endlich. Ich bin soweit fertig." „Was war die Todesursache?", fragte Hanna. „Als Todesursache kann ich eindeutig den Schlag auf den Kopf benennen. Die Wucht war dermaßen groß, dass ein Gefäß im Kopf geplatzt ist. Ich geh davon aus, dass das Opfer durch den Schlag bewusstlos geworden ist und deshalb nicht lange gelitten hat. Ansonsten habe ich bei der Untersuchung der Leiche keine pathologischen Auffälligkeiten entdecken können. Allerdings müssen wir noch die Blutuntersuchungen und einige Gewebeproben abwarten, die ich vor einer

Stunde ins Labor geschickt habe." Hanna blickte auf den Toten. Obwohl sie schon zehn Jahre in der Mordkommission arbeitete, konnte sie sich an den Anblick ermordeter Menschen nicht gewöhnen. Dieses Mordopfer sah allerdings bis auf die Kopfwunde, die jetzt gesäubert war, relativ friedlich aus. „Ach hier, bevor ich es vergesse", sagte Uwe und drehte den Leichnam leicht auf die Seite. Er drehte den Kopf des Opfers leicht und zeigte auf eine kleine Tätowierung hinter dem rechten Ohr in Form eines Davidsterns. Kai bückte sich zu dem Toten runter und schaute sich das Tattoo etwas genauer an. „Ein einfarbiges Tattoo", murmelte er „sieht nicht sehr professionell gestochen aus." Nun kam auch Hanna näher, um das Tattoo genauer in Augenschein zu nehmen. „Du hast Recht, die Einstiche sind recht unregelmäßig und unsauber gearbeitet. Mach mal bitte ein Foto davon Kai, dann können wir im Computer nachschauen, ob diese Art von Tattoo schon einmal in irgendeinem Fall eine Rolle gespielt hat." Kai holte sein Handy aus der Hosentasche und fotografierte das Tattoo von allen Seiten. Er schaute sich die Fotos an und hob den Daumen, „super, das Tattoo ist klar zu erkennen." Stolz präsentierte er sein neues Handy, welches er erst vor ein paar Tagen bekommen hatte. Sein altes Handy war bei einer Verfolgungsjagt aus dem Auto gefallen und in mehrere Einzelteile zerbrochen. Nun hatte er ein Handy mit der neuesten Technik und einer Kamera, die drei Linsen hatte.

„Gut, dann wären wir hier soweit fertig.", Hanna sah Uwe an und nickte ihm zum Abschied zu. Dann wendete sie sich zu Kai und sagte: „Und wir Beide machen uns jetzt auf den Weg zum Gasthof zum goldenen Schwan. Da gerade Mittagszeit ist, wird er sicherlich geöffnet haben."

3.

Hanna und Kai machten sich auf den Weg zu dem Gasthaus. Dazu nahmen sie die B74 in Richtung Stade. Der Weg war mühsam, denn es begann zu schneien. Sobald in dieser Region die ersten Schneeflocken fielen, kam der Verkehr fast zum Erliegen. Im Norden schneite es nicht oft und so brach auf den Straßen jedes Mal eine regelrechte Panik aus und der Verkehr schob sich im zähen Tempo durch die Straßen.

Nach einer guten halben Stunde hatten sie es dann aber geschafft und hielten auf dem Parkplatz direkt vor der Eingangstür des Gasthofes an. „Zum goldenen Schwan" stand in großen Leuchtbuchstaben über der Tür, an der das Schild „geöffnet" hing.

„Da wären wir also", Kai stieg aus dem Auto, streckte sich und schaute zu Hanna, die vor der Speisekarte stand und diese studierte. „Hier gibt es leckere Hausmannskost. Lass uns reingehen und ein wenig umschauen. Vielleicht kennt jemand den Toten hier

*

Die Gaststube war rustikal, aber einfach eingerichtet. Die Tische mit jeweils sechs Plätzen standen in kleinen Nischen, von einem hölzernen Gitter umgeben, welches mit künstlichen Blumen „bewachsen" war. So war man unter sich und vor aufdringlichen Blicken geschützt.

Als die Kellnerin, eine kleine, mollige Frau Anfang vierzig Kai und Hanna sah, kam sie mit einem Lächeln auf sie zu. „Darf ich ihnen einen Platz anbieten?" Hanna zeigte ihren

Ausweis vor. „Guten Tag, wir sind von der Kripo Bremen. Dies ist mein Kollege Kai Siemer, mein Name ist Hanna Wolf. Wir hätten einige Fragen an sie, Frau?"

„Mein Name ist Beate Meinhardt, ich bin die Inhaberin vom goldenen Schwan". „Können wir uns irgendwo in Ruhe unterhalten, Frau Meinhardt?", fragte Kai. „Ja, wir können uns hier in die Ecke setzen. Es sind noch nicht viele Gäste da." Sie zeigte auf einen Tisch, der etwas Abseits stand. Hanna und Kai folgten ihr in die kleine Nische neben der Theke. „Bitte setzen sie sich, was kann ich für sie tun?" „Kennen sie diesen Mann?", Kai hielt Frau Meinhardt das Foto des toten Mannes hin, den sie gestern im Schloss Burgwacht im Keller gefunden hatten.

Die Frau nahm das Foto und betrachtete es. „Ja, irgendwie kommt er mir bekannt vor. Wir vermieten auch einige Zimmer, vielleicht hatte er ein Zimmer bei uns. Da hole ich ihnen meinen Mitarbeiter Hans Marold, der kümmert sich hauptsächlich um die Zimmervermietung. Ich selber halte mich meistens hier im Restaurant auf. Moment mal, bitte."

Hanna lehnte sich zurück und ließ ihren Blick durch den Raum gleiten. Es waren erst zwei Tische besetzt und es duftete köstlich nach Bratkartoffeln mit Speck und Spiegelei. Ihr Magen knurrte leicht und sie merkte, dass sie seit heute Morgen zum Frühstück nichts mehr zu sich genommen hatte. „Oh man, habe ich Hunger", seufzte Kai und schloss genießerisch die Augen." Er schaute auf seine Uhr. Es war schon eins durch und auch sein Bauch meldete sich. Kein Wunder bei diesem leckeren Duft, der durch die komplette Gaststube zog.

Fünf Minuten Später kehrte Frau Meinhardt mit einem großen, kräftigen Mann im Schlepptau zurück an den Tisch. Er mochte so um die vierzig Jahre alt sein und stellte sich mit seinem Namen vor. Beide setzten sich zu Hanna und Kai an den Tisch. Scheinbar hatte

Beate Meinhardt ihm schon erzählt, warum die Kripo hier war, denn er fragte sofort nach dem Foto des Toten.

Kai hielt ihm das Foto des Toten vor die Nase. Er betrachtete es genau, schaute dann Hanna an und sagte: „Ja, den habe ich schon mal gesehen. Aber er ist kein Gast bei uns gewesen, sondern hat hier einen Gast besucht, der letzte Woche hier gewohnt hat. Wie war noch gleich der Name." Er dachte angestrengt nach. „Ich hole mal eben das Gästebuch aus dem Büro", sagte Beate Meinhardt und stand auf.

Nach kurzer Zeit kehrte sie mit einem dicken, schwarzen Buch zurück. Hans Marold studierte die letzten Eintragungen und wurde fündig. „Hier schauen sie", er zeigte auf eine Spalte. „Elias Rosenbaum, aus Hannover. Angereist am letzten Montag und zwei Tage später wieder abgereist." „Hat er seine Telefonnummer hinterlassen?", fragte Hanna. „Nein, aber wir machen grundsätzlich eine

Kopie vom Personalausweis. Ich kann ihnen seine Personalien geben."

Auf den Weg zurück zum Revier planten Hanna und Kai ihr weiteres Vorgehen. Hanna durchforstete ihre Aufzeichnungen. „Also ich werde mich mit Herrn Rosenbaum in Verbindung setzten und du könntest die anderen kontaktieren und alle Informationen zusammentragen für unser Meeting mit Hartmut heute Nachmittag." „Das klingt gut, so machen wir das", antwortete Kai. Er schaute konzentriert auf die Straße. Es begann wieder zu schneien und die Sicht war sehr schlecht. Sie waren nun direkt im Feierabendverkehr und es ging nur sehr langsam voran.

*

Endlich am Revier angekommen machte sich Hanna sofort daran Elias Rosenbaum ausfindig zu machen. Ziemlich schnell fand sie etwas über ihn im Internet. Elias Rosenbaum war Herausgeber des Politmagazins „Blauer Engel", mit Hauptsitz in Hannover und Rabbiner der dortigen jüdischen Gemeinde. Er wurde im Internet oft erwähnt und setzte sich für viele Antirassismus Projekte auf der ganzen Welt ein. Eine Handynummer ließ sich auch finden. Hanna versuchte sofort ihn zu erreichen, aber es war nur die Mailbox die ran ging und sie hinterließ eine Nachricht, in der sie ihn um seinen Rückruf bat.

Danach ging sie in die Kantine, wo sie auf Kai traf. Sie nahm nur einen Salat und einen Smoothie und setzte sich zu Kai an den Tisch. Sie hatten sich zur Gewohnheit gemacht in den Pausen nicht über die Arbeit zu sprechen und so war das Wetter das füllende Thema für heute. „Wenn es so weiter geht mit dem

Schnee, dann werde ich am Wochenende meine Langlaufski vom Dachboden holen", Hanna sah zufrieden aus. Sie liebte Skifahren und war seit zwei Jahren nicht dazu gekommen, da Till und sie nicht zusammen Urlaub machen konnten. Kai biss in sein Brötchen, „ich gehe lieber rodeln im Knoops Park und mache einen langen Spaziergang mit Lola." Lola war seine dreijährige Mischlingshündin, die er sich nach der Trennung seiner Frau aus dem Tierheim geholt hatte. Mit ihr unternahm er regelmäßig lange Spaziergänge. „Das macht den Kopf frei und ist außerdem gesund", erklärte er Hanna immer wieder. Nachdem sie das Essen beendet hatten, machten sie sich auf den Weg ins Büro von Hartmut. Es war Zeit für das Meeting und ihr Chef liebte Pünktlichkeit.

*

Als sie die Tür zur Abteilung öffneten wurden sie schon aufgeregt erwartet. Alles war in Aufruhr und Peter Borchers rief ihnen schon entgegen: „gut das ihr kommt, es hat eine weitere Leiche gegeben. Ihr könnt euch gleich auf den Weg machen, hier sind die Einzelheiten. Das Meeting ist auf heute Abend verlegt."

4.

Fiona war wie jeden Tag auf einem langen Spaziergang mit ihrem Border Collie Rüden Ilja am Schönebecker Schloss. Sie hatte ihre Mütze tief ins Gesicht gezogen um ihre langen blonden Haare vor Kälte und Nässe zu schützen. Wie immer nahm Fiona den Wanderweg, der kurz vor dem Schloss in den Wald führte. Hier konnte sie Ilja von der

Leine lassen, der diese Freiheit liebte und genoss. Er lief für gewöhnlich ein kleines Stück voraus, um dann wieder zu ihr zurück zu kehren und zu zeigen, dass er noch da war. Es war ein wundervoller Tag heute. Der Schnee fiel leicht und die Landschaft sah malerisch schön aus. Sie waren die ersten, die ihre Spuren auf den verschneiten Wegen hinterließen und es knirschte bei jedem Schritt, den Fiona in den frischen Schnee trat. Es lag eine gedämpfte Stille in der Luft und sie atmete tief die frische ein. Der Weg war schmal und führte kurz vor dem Wald über eine kleine Brücke aus Holz. Auf dem Geländer hatte ein Vogelliebhaber Vogelkörner ausgestreut, damit die Tiere bei dem Schnee und der Kälte etwas zum Fressen finden konnten. Unter der Brücke floss ein kleines Bächlein, eher ein kleiner Graben, welcher sich durch das gesamte Auetal schlängelte. Über diese Gräben wurde im Herbst die große Wiese zwischen Wald und Schlossteich geflutet, damit die Kinder und natürlich auch die Erwachsenen im Winter

Schlittschuh laufen konnten. Eine leichte Eisdecke war schon zu erkennen, aber damit man das Eis betreten durfte brauchte es noch mehrere Tage starken Frostes.

Sie ging weiter durch den Wald und genoss die Ruhe. Es dämmerte schon leicht und außer ihr war kein anderer Spaziergänger unterwegs heute. Ilja lief circa fünfzig Meter vor ihr und sie hörte ihn bellen, sah ihn aber nicht mehr. Der Waldweg machte hier einen kleinen Bogen nach rechts. Als sie diese Stelle erreichte sah sie Ilja. Er stand bellend auf den Grundmauern der alten Ruine, die man vom Weg nur leicht sehen konnte.

Die Ruine befand sich ein Stück ab vom Weg, direkt vor einem Kleingartengebiet im Wald. Hinter dem Kleingartengebiet gab es ein Altenheim.

„Ilja", rief sie „komm her". Normalerweise gehorchte er aufs Wort, aber heute ignorierte er ihr Rufen. Sie sah wie er aufgeregt auf den

Grundmauern der Ruine hin und her lief, um dann mit einem großen Satz in die Ruine zu springen und weiter zu bellen. Fiona verließ jetzt ebenfalls zügig den schmalen Weg und ging durch den Wald auf die alte Ruine zu. Je näher sie an die Ruine kam, desto langsamer wurden ihre Schritte. Als Ilja sie kommen hörte lief er ihr entgegen, bellte und lief wieder zurück zu dem Ort, wo er scheinbar etwas entdeckt hatte. Endlich erreichte auch Fiona die Ruine und klettere auf die Grundmauern, die etwa einen halben Meter aus dem Waldboden herausragten. Vorsichtig wagte sie einen Blick ins Innere des alten Gemäuers.

*

Der Mann lag einen guten Meter von der Mauer entfernt auf der sie stand. Eine rote

Spur zog sich durch den Schnee, quer durch das Innere der Ruine. Ilja sprang immer noch aufgeregt bellend um den toten Körper. Fiona stockte der Atem und sie rief ihren Hund energisch zu sich her. Diesmal gehorchte er aufs Wort. Er musste wohl die Schärfe in ihrer Stimme erkannt haben. Während sie Ilja an die Leine nahm, beobachtete sie aus dem Augenwinkel den dort liegenden Mann. Sie näherte sich bis auf einen Meter. Der Mann lag auf dem Bauch, sein Mantel war am Rücken zerrissen und blutig. Fionas Beine wurden weich, sie drehte sich um, lief zur Mauer zurück und sprang drüber. Dann setzte sie sich auf den kalten und nassen Waldboden, lehnte sich an die Mauer, atmete einmal tief durch und wählte den Notruf.

*

Hanna und Kai fuhren durch Lesum auf die A270 Richtung Bremen Vegesack. An der Abfahrt Bremen – Vegesack – Hafen fuhren sie ab. Die Straße „Auf Dem Krümpel" führte sie bis zu einer Kreuzung im Schönebecker Auetal, an der sie links abbogen. Hier fuhren sie direkt auf einen Parkplatz, der zum Schönebecker Schloss gehörte. Die Straße war umsäumt von Schaulustigen, die aufgrund der hohen Polizeipräsenz in diesem beschaulichen Örtchen vermuteten, dass etwas Außergewöhnliches passiert sein musste. Die Örtlichkeit war jedoch bereits abgesperrt und keiner konnte auch nur in die Nähe des Tatortes gelangen.

Hanna und Kai machten sich auf den Weg zum Fundort der Leiche. Er führte sie durch den verschneiten Wald, direkt zu der Ruine, an der man den Toten gefunden hatte.

Die Szenerie war taghell erleuchtet und überall liefen Männer und Frauen in weißen Schutzanzügen herum und suchten den Boden ab. Erschwert wurde die Suche durch den immer noch leichtfallenden Schnee, der alle Spuren abzudecken drohte.

Uwe war bereits vor Ort und untersuchte den Toten äußerlich. „Hallo Uwe", rief Hanna als sie sich der Ruine näherten. Uwe kniete vor den toten Mann und untersuchte die Wunde auf dem Rücken. „Es ist ein Messerstich, der direkt in die Lunge ging. Das Messer haben wir auf der Rückseite der Ruine gefunden. Es ist bereits zur Untersuchung der Fingerabdrücke ins Labor gebracht worden. Ansonsten habe ich äußerlich keine weiteren Verletzungen finden können." Kai kniete sich ebenfalls neben den Toten. Er zog sich Handschuhe an, griff in die Gesäßtasche und zog ein schwarzes Lederetui hervor. „Schaut, was ich gefunden habe. Vielleicht finden wir seinen Ausweis in diesem Etui." Kai gab es an Hanna weiter.

Auch Hanna hatte sich bereits Handschuhe übergezogen und öffnete nun vorsichtig die Ausweistasche. Sie zog einen Personalausweis

hervor. „Ach schau was wir hier haben. Dem Foto nach zu urteilen, gehört der Ausweis dem Toten. Sein Name ist Levin Edelstein, geboren am 18. April 1962 in Koblenz."
„Ansonsten konnte ich nichts in den Taschen finden", sagte Kai.

„Ich denke der Tote kann jetzt in die Pathologie gebracht werden, da kann ich ihn dann genauer untersuchen.", rief Uwe zwei Männern zu, die schon in der Nähe warteten. Von Weiten kamen die Stimmen von Britta und Thomas näher, die nun auch etwas verspätet am Tatort eintrudelten. Thomas übernahm sogleich die Einteilung der anwesenden KTU Kollegen und gab Anweisungen, wer für welchen Waldabschnitt zuständig war. Sie hofften so schnell wie möglich alle Spuren zu sichern, ehe der Schnee alle Spuren vernichtet hatte.

Hanna schaute sich um. Etwas Abseits entdeckte sie eine Frau, die mit einem heißen Tee auf den Knien und einer Decke um die Schultern auf einem Holzstapel saß und von einer Kollegin betreut wurde. Neben ihr lag ein großer, schwarz–weißer Hund und schlief. „Da vorne sitzt die Frau, die den Toten entdeckt hat. Ich gehe mal zu ihr und schaue, ob ich sie schon befragen kann." Ok, ich sehe mich hier noch etwas um", rief ihr Kai hinterher.

„Guten Abend, ich bin Hanna Wolf die leitende Ermittlerin. Wie geht es ihnen, kann ich ihnen schon einige Fragen stellen?" Fiona hob ihren Kopf und schaute zu Hanna hoch. Ihr Gesicht war entspannt. „Hallo, ja es geht schon. Mein Name ist Fiona Köster. Ich habe den Toten gefunden, beziehungsweise mein Hund Ilja hat den Toten gefunden." „Haben sie irgendetwas angefasst oder verändert?" „Nein, ich war nur auf einem halben Meter Abstand. Als ich erkannte, dass es sich um einen Toten handelt, bin ich sofort umgekehrt." Fiona erzählte Hanna genau, wie sich alles ereignet hatte. Hanna notierte sich in ihrem Notizbuch einige Daten, gab Fiona ihre

Karte und bat sie am nächsten Tag in die Polizeidienststelle zu kommen, damit ihre Aussage aufgenommen werden konnte. Dann verabschiedete sie sich und ging zurück zum Fundort.

*

Der Leichenwagen kam Hanna schon auf dem schmalen Waldweg entgegen und verließ den Wald in Richtung Leuchtenburg. Kai, Thomas und Uwe standen im Kreis in der Ruine und diskutierten, als Hanna zu ihnen stieß. „Hanna, stell dir vor was wir hinter dem rechten Ohr des Toten entdeckt haben?", rief ihr Kai schon entgegen. „Ein tätowierten Davidstern!", Kai beantwortete die Frage selber, so aufgeregt war er. „Das heißt, dass der Mord auf Schloss Burgwacht und dieser

Mord etwas miteinander zu tun haben müssen", folgerte Hanna. „So sieht es", antworteten Kai und Uwe in Chor.

Es begann wieder stärker zu schneien und der Wind brauste merklich auf. Hanna wendete sich an Thomas, „Kai und ich fahren jetzt zusammen mit Uwe zurück zum Revier. Wenn ihr alle Spuren gesichert habt, wäre es gut, wenn wir später unser Treffen mit Hartmut nachholen könnten." „Alles klar, dann bis später, ich schau mal wie weit die anderen sind.", sagte Thomas.

Es wurde ungemütlich in dem kleinen Wäldchen. Die abendliche Kälte kroch über den Boden und über den Feldern lagen leichte Nebelschwaden. Die KTU hatte ihre Arbeit abgeschlossen und alle waren mit den Aufräumarbeiten beschäftigt. Es wurden so einige Gegenstände in der näheren Umgebung des Fundortes entdeckt und sichergestellt. Allerdings war noch nicht sicher, ob alle etwas mit dem Mord zu tun hatten, denn der Weg durch den Wald war eine beliebte Spazierstrecke.

Hanna und Kai marschierten Richtung Parkplatz. Dazu mussten sie den Weg zurück durch den Wald, vorbei an angrenzenden Feldern und Wiesen. Hanna blieb stehen und atmete tief durch. Es hatte aufgehört zu schneien und der Mond lugte hinter den Wolken hervor. Es war Vollmond und es lag eine gespenstische Atmosphäre über den Wiesen. Vor dem Schloss stand ein abgestorbener Baum. Er musste schon sehr alt sein und seine kahlen Arme ragten wie Knochen in die Nacht. „Komm, lass uns weiter Hanna. Es gibt noch viel zu tun, bevor wir uns mit Hartmut treffen können. Wir wollen ja nicht ohne Ergebnisse ins Meeting gehen." Sie gingen jetzt zügig zum Auto und fuhren aufs Revier.

5.

Am Revier angekommen machten sie sich gleich an die Arbeit. Peter Borchers kam ihnen schon entgegen. „Ach Hanna, ein Herr Elias Rosenbaum hat für dich angerufen. Hier ist die Telefonnummer, unter der du ihn heute Abend noch bis acht Uhr erreichen kannst." „Danke Peter", Hanna nahm ihm den Zettel ab und verzog sich damit in ihr Büro. Kai machte sich auf in die Pathologie zu Uwe. Vielleicht gab er schon Neuigkeiten über die genaue Todesursache und den Todeszeitpunkt.

Als er im Sezierraum ankam, untersuchte Uwe gerade die Wunde. „Schau hier", und er zeigte Kai die Wundränder unter einem Vergrößerungsglas. „Die Ränder sind glatt, wie so oft bei einer Stichverletzung und passen genau zu dem Messer, welches wir in der Nähe des Tatortes gefunden haben. Das

Messer ist schräg durch die Lunge und dann direkt in das Herz gegangen. Das Herz ist durch die Blutung erdrückt worden und konnte sich nicht mehr zum Schlagen ausdehnen. Der getroffene Lungenflügel ist durch den Stich kollabiert. Die Wunde hat wie eine Art Ventil gewirkt, sodass die Luft nicht mehr entweichen konnte. Dadurch wurde der Blutkreislauf regelrecht abgequetscht. Seine Chancen zu überleben wären selbst bei schneller Hilfe sehr gering gewesen. Und nun schau hier das Tattoo. Es ist genauso unsauber gestochen, wie das von dem Toten, den wir gestern gefunden haben. Ich würde fast sagen, es ist von ein und demselben Tätowierer gemacht worden." „Kannst du schon etwas zu dem Todeszeitpunkt sagen?" „Ja, man muss natürlich die extreme Kälte berücksichtigen, aber ich denke, dass der Tod heute in der Früh so gegen sechs Uhr eingetreten ist."

*

Hanna wählte die Telefonnummer, die ihr Peter auf einem Zettel gegeben hatte.

Elias Rosenbaum war sofort in der Leitung. Er wirkte sehr aufgeregt und fragte, ob etwas passiert sei. „Guten Abend Herr Rosenbaum. Ja es ist tatsächlich etwas passiert." Hanna erzählte ihm von dem unbekannten Toten, den sie gefunden hatten. „Herr Marold aus dem Golden Schwan hat den toten Mann erkannt und ist der Meinung, dass er sie besucht hat, als sie letzte Woche im Gasthaus gewohnt haben." „Ich hatte letzte Woche tatsächlich Besuch von einem Mann. Er wollte mir ein altes jüdisches Buch verkaufen. Er hatte mich im Internet kontaktiert und es mir zum Verkauf angeboten. Da ich in der letzten Woche auf einem Kongress in Bremen zugegen war, trafen wir uns im Gasthaus zum Goldenen Schwan." „Und können sie mir den Namen des Mannes sagen?" Elias Rosenbaum überlegte kurz. „Sein Name war Hans Zucker." Hat er ihnen erzählt woher das Buch stammt?", fragte Hanna. „Er hatte es von seinem Cousin aus Israel geschickt bekommen, mit dem Auftrag es an einen Liebhaber jüdischer Kunst zu verkaufen." Darf ich fragen, ob sie es gekauft haben?" „Ich habe es ihm für 500.000 € abgekauft. Ich habe eine großartige Sammlung jüdischer Bücher. Aber dieses ist ein ganz besonderes Exemplar." „Würde es ihnen etwas ausmachen morgen ins Präsidium zu kommen? Ich würde ihnen gerne ein Foto des Toten zeigen und wäre es auch möglich, dass sie das Buch mitbringen?" „Ja, ich komme gern. Aber das Buch kann ich leider nicht mitbringen. Es ist zu wertvoll und befindet sich bereits sicher verschlossen im Safe meines Haues. Aber ich kann ihnen ein Video von dem Buch mitbringen. Was ist denn überhaupt mit Herrn Zucker passiert?" Da kann ich ihnen jetzt noch nichts Näheres zu sagen. Wir sehen uns dann also morgen Vormittag um zehn Uhr, ist das für sie in Ordnung Herr Rosenbaum?" „Ja das ist in Ordnung."

Hanna legte auf und lehnte sich nachdenklich in ihrem Stuhl zurück. Die Geschichte nahm langsam Gestalt an. Sie schaute auf die Uhr. Es war bereits zwanzig Uhr und sie vernahm unruhiges hin und her Gerenne auf dem Flur vor ihrem Büro. Es klopfte und Kai steckte den Kopf zu Tür rein. „Bist du soweit Hanna? Wir sitzen schon alle im Konferenzraum und warten auf dich. Hartmut ist auch schon da." „Ich komme."

*

Als Hanna und Kai in den Konferenzraum kamen waren alle aus dem Team bereits da. Sie schloss die Tür und setzte sich auf den Platz neben Kai. „Schön, dass wir uns heute doch noch alle hier treffen können", sagte

Hartmut Wunder. Er schaute in die Runde und begrüßte alle mit einem Kopfnicken. „Hanna, fangen sie doch bitte mit ihrem Bericht an." Hanna schaute in die Runde und begann zu erzählen. „Wir können dem ersten Opfer nun einen Namen geben. Sein Name ist laut Herrn Elias Rosenbaum, Hans Zucker und er hat ihn letzte Woche im Golden Schwan getroffen. Herr Zucker hat ihm ein altes jüdisches Buch verkauft. Kontakt hat er durch das Internet zu Herrn Rosenbaum aufgenommen. Herr Rosenbaum ist freier Journalist des Politmagazins „Blauer Engel", welches seinen Hauptsitz in Hannover hat. Außerdem ist er in der dortigen jüdischen Gemeinde als Rabbiner tätig. Im Internet kann man auch erfahren, dass er Liebhaber alter jüdischer Bücher ist. Deshalb hat Hans Zucker auch Kontakt zu ihm aufgenommen, um ihn ein altes jüdisches Buch anzubieten, welches er von seinem Cousin aus Israel bekommen hat. Er hat es ihm für 500.000 € abgekauft. Ich habe ihn für morgen vorgeladen, er wird auch ein Video des

Buches mitbringen. Auffällig bei dem Toten war ein unsauber gestochenes Tattoo hinter dem rechten Ohr in Form eines Davidsternes. Es dürfte sich aufgrund dieses Tattoos und des Namens bei Herrn Zucker um einen Mann jüdischen Glaubens handeln. Da sind die Recherchen aber noch nicht ganz abgeschlossen." "Nun zu dem zweiten Toten, den wir heute im Wald beim Schloss Schönebeck gefunden haben." Kai übernahm nun das Wort. "Er hatte Papiere bei sich. Sein Name ist Levin Edelstein, geboren am 18. April 1962 in Koblenz. Er hat ebenfalls ein Tattoo in Form eines Davidsternes hinter dem rechten Ohr, sodass wir vorläufig davon ausgehen müssen, dass die beiden Morde zusammenhängen." Nun kam Uwe zu Wort. "Todesursache beim ersten Toten Hans Zucker war ein durch den Schlag auf den Kopf geplatztes Gefäß im Gehirn. Der zweite Tote Levin Edelstein ist durch den Messerstich in den Rücken, der sowohl

Lunge, als auch das Harz durchbohrt hat gestorben. Beide Männer haben dasselbe Tattoo hinter dem rechten Ohr, unsauber gestochen und augenscheinlich von gleicher Herkunft. Auffällig bei den Obduktionen war, dass keiner der beiden Männer sich offensichtlich der „Beschneidung" unterzogen hat, sodass wir den Hintergrund des jüdischen Glaubens noch näher recherchieren müssen. Ansonsten gab es bei den Blut- und Gewebeuntersuchungen keine weiteren Auffälligkeiten." „Das ist wirklich außergewöhnlich", sagte Hartmut. „Soviel ich weiß ist es üblich, dass ein Kind laut Anweisung der Thora am achten Lebenstag beschnitten wird. Dieses wird als wichtiger Bestandteil der jüdischen Identität angesehen. Bitte nochmal genau recherchieren, was es damit auf sich hat. Nun zur KTU, Thomas habt ihr schon etwas herausgefunden?"

„Ja, das haben wir. Wichtigste Spur sind die an beiden Tatorten gefundenen Fußspuren. Ich kann mit hundertprozentiger

Wahrscheinlichkeit sagen, dass sowohl eine der sichergestellten Fußspuren im Keller des Schlosses, als auch eine der Fußspuren, die wir am zweiten Tatort im Schnee sichergestellt haben identisch sind. Sodass wir davon ausgehen, dass sich ein und dieselbe Person an beiden Tatorten befunden hat. Ich denke durch diese Tatsache, die Tattoos und die jüdisch abstammenden Namen, können wir davon ausgehen, dass beide Morde im Zusammenhang stehen. Die Herkunft des Meißels am ersten Tatort konnten wir noch nicht klären, da es sich um einen herkömmlichen Meißel handelt, den man in jeden Baumarkt kaufen kann. An dem Messer vom zweiten Tatort konnten wir Fingerabdrücke sicherstellen, die zurzeit durch den Computer laufen. Das war es erstmal von unserer Seite."

Hartmut erhob sich von seinem Platz. „Gut, das hört sich doch schon mal ganz vielversprechend an." Er schaute zu Hanna und Kai, „ihr zwei kümmert euch bitte um die finale Klärung der Identität der Toten. Ansonsten wünsche ich euch einen schönen Feierabend. Bis morgen." Hartmut Wunder verließ zügig den Konferenzraum, die anderen folgten ihm.

6.

Am nächsten Morgen erschien Elias Rosenbaum pünktlich im Präsidium. Hanna und Kai setzten sich mit ihm in den Konferenzraum. Er wirkte sehr aufgeregt, fasste sich aber schnell wieder, als Hanna begann mit ihm zu sprechen. Sie zeigte ihm als erstes das Foto des Toten und er identifizierte ihn als den Mann, der ihn im Gasthaus besucht hatte und von dem er dann auch das Buch gekauft hatte. „Das ist Hans Zucker, ich erkenne ihn genau. Oh mein Gott das ist ja furchtbar. Wie ist er gestorben?"

Leider dürfen wir in laufenden Ermittlungen nicht darüber sprechen.", sagte Hanna. „Ist ihnen irgendetwas Ungewöhnliches an ihm aufgefallen, war er sehr nervös bei dem Treffen, oder hat er etwas erzählt, was für uns von Bedeutung sein könnte?" „Nein, er war sehr ruhig und höflich. Alles ging ganz schnell. Das Video von dem Buch hatte er mir bereits eine Woche zuvor geschickt. Ich habe mich lediglich von der Echtheit des Buches überzeugt und habe es dann sofort gekauft. Das Buch ist ein begehrtes Sammlerstück und unter Kunstliebhabern bekannt. Hier schauen sie das Video, wie wundervoll es ist." Elias Rosenbaum öffnete sein Handy und startete ein Video. Auf dem Video konnte man sehen, wie eine Hand Seite für Seite in einem scheinbar sehr alten Buch umblätterte. Elias Rosenbaum erklärte, dass das Buch auf Gazellenleder geschrieben sei. Auf allen Seiten war es mit jüdischen Symbolen aus

Gold verziert. Die Schrift, so erklärte er sei Hebräisch.

*

Nach dem Gespräch saßen Hanna und Kai zusammen in Hannas Büro. „Jetzt wäre es interessant zu wissen, wo die 500.000€ geblieben sind", sagte Hanna zu Kai. „Vielleicht hat er sie im Keller von Schloss Burgwacht versteckt.", erwiderte Kai. „Oder es sind noch weitere Kostbarkeiten in dem Keller und er hat danach gesucht."

Es klopfte und Peter Borchers trat in das Büro. „Hallo Peter, gibt es Neuigkeiten?" „Guten Morgen! In der Tat habe ich Neuigkeiten." Er wirkte aufgeregt und zappelig. „Als erstes einmal, gab es leider keinen Treffer zu den Fingerabdrücken auf dem Messer." Kai seufzte, „Schade, das wäre ja auch zu schön gewesen." „Aber passt auf, jetzt haltet euch fest. Ich habe sowohl Hans Zucker, als auch Levin Edelstein in den Computer eingegeben. Was glaubt ihr hat er ausgespuckt?" „Nun mach es nicht so spannend Peter, erzähl!" Hanna wurde ungeduldig. „Nichts hat er ausgespuckt, rein gar nichts. Aber dann habe ich das Internet mit den beiden Namen gefüttert. Und was glaubt ihr was ich herausgefunden habe?" Hanna und Kai richteten sich erwartungsvoll auf. „Ich habe die Namen auf der Gedenktafel des Konzentrationslagers Mauthausen gefunden. Nachdem ich mich mit dem dortigen Leiter der Gedenkstätte in Verbindung gesetzt habe, habe ich erfahren, dass die Häftlinge Elias Zucker und Levin Edelstein dort im Februar 1944 an Typhus verstorben sind. Was sagt ihr jetzt?" „Das hast du sehr gut gemacht, Peter." Hanna klopfte

Peter auf die Schulter. „Aber nun haben wir ein neues Problem", sagte sie. „Wer sind die beiden Toten wirklich und warum haben sie sich als zwei lange verstorbene jüdische Häftlinge aus einem Konzentrationslager ausgegeben, oder haben zumindest deren Namen angenommen?"

*

Hanna rief sofort in der KTU an. Am Telefon erzählte sie Britta von den neuen Entwicklungen und bat sie, die Fingerabdrücke der beiden Toten zu nehmen und sie ebenfalls durch den Computer zu schicken. Vielleicht hatten sie Glück und es gab einen Treffer.

Dann setzte sie sich mit Kai zusammen um das weitere Vorgehen zu besprechen. „Wenn die Beiden nicht die waren, für die sie sich ausgegeben haben und scheinbar auch nicht jüdischer Herkunft, dann ist das alte jüdische Buch, das der angebliche Hans Zucker Herrn Rosenbaum verkauft hat, höchstwahrscheinlich auch nicht von dessen Cousin aus Israel. Die Frage ist: Wer wusste alles von den 500.000€?" „Naja", antwortete Kai. „Auf alle Fälle wusste Elias Rosenbaum davon. Aber es ist fraglich, ob „Hans Zucker" wegen des Geldes getötet wurde. Die Wahrscheinlichkeit, dass er im Keller von Schloss Burgwacht etwas gesucht hat ist wesentlich größer." „Da hast du Recht Kai. Ich würde sagen, wir schauen uns mal die alten Pläne des Schlosses an und versuchen etwas über die Geschichte herauszufinden. Dazu werde ich Herrn von Hellbach einen Besuch abstatten. Du könntest dich in der Zeit über die alte Ruine im Wald erkundigen,

Kai. Dann treffen wir uns gegen Abend im Büro." "Gute Idee, bis später Hanna." Kai verließ das Büro und auch Hanna machte sich auf den Weg zu Peter von Hellbach.

*

Es war schon dunkel, als er mit seinem Auto auf dem Parkplatz fuhr. Er stieg aus und ging den Deich hoch, der sich direkt hinter dem Parkplatz befand. Oben angekommen blieb er stehen und schaute auf das Wasser. Vor ihm lag ein kleiner Strand, der zu dieser Zeit menschenleer war. Er ging hinunter in Richtung Weserufer. Durch den Schnee war der Weg über den Sand bis zum Wasser mühselig zu laufen. Seine Schuhe sanken bei jedem Schritt tief ein und hinterließen kleine Löcher, die sich sofort wieder mit Schnee füllten. Am Ufer angekommen blieb er stehen und atmete die frische Luft ein. In der Ferne hörte man das Tuckern eines Schiffes, welches den Strand vor ein paar Minuten passiert hatte. Die Wellen erreichten das Ufer und umspülten seine Schuhe. Die Luft war herrlich. Man konnte die Nordsee riechen, obwohl es noch viele Kilometer von hier waren, bis die Weser in die Nordsee mündete. Ein Rascheln ließ ihn zusammenfahren. Aber es war nur der Wind, der seichte durch das nahe Schilf blies. Er machte kehrt und ging den Weg wieder zurück. Dann sah er ihn vor sich stehen, groß und drohend. Ein Mahnmal seiner Zeit. Die Ruine des Bunkers Valentin ragte in die kalte Nacht. Der Mond, der über der Weser aus den Wolken hervorkroch, spiegelte sich gespenstisch in dem Wasser, welches am Boden einer großen Öffnung des Bunkers stand. Durch das helle Licht des Mondes fühlte er sich ertappt und ging instinktiv in Deckung. Er ging weiter den

Deich entlang und dann hinunter zum Bunker. Hier begann ein Weg, der Besucher um den Bunker führen sollte. Das Eingangstor zum Rundgang war um diese Zeit verschlossen und so kletterte er hinüber. Er wollte in dieser Nacht um den Bunker gehen, um sich die Örtlichkeiten einzuprägen. Hier würde seine Mission ihren Abschluss finden. Sein Herz sehnte sich danach endlich Ruhe zu finden. Bald würde es soweit sein und er spürte, wie sich sein Körper bei dem Gedanken leicht entspannte.

Er hatte sie beobachtet, als sie ihn gefunden hatte. Die junge Frau, die mutig und tapfer dem Bellen ihres Hundes folgte und dann auf die Leiche stieß. Es hatte ihm leidgetan, dass ausgerechnet sie ihn fand, aber das war an diesem Abend ihr Schicksal gewesen. Danach ging alles ganz schnell. Die Polizei traf mit mehreren Autos ein. Sie sperrten alles ab und hängten den Tatort mit großen weißen Tüchern ab. Er hatte weit genug entfernt in Deckung gesessen und genoss es, alles mit dem Fernglas zu beobachten. Ja, er musste sterben und er würde nicht der Letzte sein, der büßen musste. An den wahren Tätern konnte er sich nicht mehr rächen. Aber er wollte, dass die Familien dieser Männer genauso litten, wie seine Familie es musste und viele Familien die er kannte es noch immer taten. Erst wenn der letzte Mann auf seiner Liste tot war, würde er seinen Frieden finden.

*

Olaf Boge arbeitete am Schalter einer großen Bank in Hamburg. Seit dreißig Jahren schon war er in der gleichen Bank tätig und immer in Hamburg, nur die Filialen hatte er in den vielen Jahren ab und zu gewechselt. Heute wollte er früher Schluss machen. Ab Mittag hatte er sich frei genommen, er war aufgeregt. Schon den ganzen Morgen fuhr er sich immer wieder mit seinen dicken Fingern durch die Haare und schaute nervös zur Uhr. Um genau dreizehn Uhr wollte er den Zug nach Bremen nehmen. Immer wieder fasste er sich an seine linke Gesäßtasche um zu prüfen, ob er seinen Ausweis dabeihatte. Es war nicht sein echter Ausweis, er war gefälscht. In dem Ausweis hieß er Aron Ledermann. Diesen Namen benutzte er immer dann, wenn er sich mit jüdischen Kunsthändlern traf, um ihnen alte jüdische Schätze zu verkaufen. Er gab diese Schätze immer als Erbstücke seiner Familie aus und so konnte er schlecht seinen eigenen Namen benutzen. All diese Dinge hatte er von seinem Vater bekommen, der leider schon lange tot war und der diese Kostbarkeiten jüdischen Familien abgenommen hatte, die ins Konzentrationslager deportiert wurden. Erst kurz vor seinem Tod ließ er Olaf zu sich kommen und übergab ihm einen Schlüssel zu einem Safe einer Bank. Dort fand Olaf alten Schmuck, alte Bücher und auch einen Brief, in dem sein Vater ihm die Herkunft erklärte. Auch ein Adressbuch befand sich in dem Safe. Drei Namen waren dick unterstrichen. Mit diesen Männern sollte er Kontakt aufnehmen. Olaf tat es eine Woche nach dem Tod seines Vaters. Auch diese Männer hatten von ihren Vätern ähnliche Briefe bekommen und alle dieselben Anweisungen erhalten. Allerdings lebten die Väter dieser Männer noch. Der Tod seines Vaters war der Startschuss dieser Aktion gewesen.

Er hatte Glück gehabt, schon ein paar Monate später fand er einen Kunsthändler, der ihm den Schmuck und auch eines der alten jüdischen Bücher abkaufen wollte. Er schickte ihm Fotos davon und sie wurden sich schnell über den Preis einig. Heute nun sollte die Übergabe stattfinden. Der Händler wohnte in Bremen und wollte sich dort mit Olaf treffen.

Im Zug schloss Olaf die Augen. Er umklammerte seinen kleinen Koffer, den er bei sich trug. Immer wieder sah er die Augen seines Vaters vor sich, die ihn beschworen sich an alle Anweisungen zu halten, die in dem Brief gestanden haben.

*

Auf dem Klingelschild aus Messing an dem Hanna klingelte stand in großen schwarzen Buchstaben „Familie Peter von Hellbach". Es war oval und leicht verschnörkelt an den Rändern. Durch die Scheibe sah sie eine kleine mollige Frau auf die Eingangstür zukommen. Sie legte eine Kette vor dir Tür und öffnete diese einen kleinen Spalt weit. „Guten Tag, was kann ich für sie tun?" Hanna steckte ihre Karte durch die Tür, „Hallo mein Name ist Hanna Wolf. Ich untersuche den Mord in ihrem Schlösschen und hätte noch ein paar Fragen. Darf ich reinkommen?" Die Frau öffnete die Tür nun ganz und stelle sich als Frau von Hellbach vor. „Bitte kommen sie rein, mein Mann ist oben im Büro, er erwartet sie bereits. Gehen sie einfach die Treppe ganz hoch und dann den Gang geradeaus direkt in das Büro." Hanna bedankte sich bei Frau von Hellbach und ging zur Treppe. Oben angekommen, stand sie vor dem Geländer einer offenen Galerie, von dem aus sie nach unten auf ein geschmackvoll eingerichtetes Esszimmer schauen konnte. Der Mittelpunkt des Zimmers war ein großer, rustikaler Eichentisch, an dem zu jeder Seite vier Stühle standen und an den Enden jeweils ein Stuhl, ebenfalls aus rustikaler Eiche. Als sie sich umdrehte erschrak sie. Zwei große gelbe Augen schauten sie von der Wand an. Sie gehörten einem Hirschkopf mit Geweih, der sie zu beobachten schien.

„Ach, da sind sie ja schon", Herr von Hellbach winkte sie von seinem Büro aus zu sich her. „Kommen sie, ich habe schon die alten Unterlagen des Schlosses herausgesucht." Er führte Hanna in sein Büro zu einer gemütlichen Sitzecke, an deren Tisch schon einige Karten ausgebreitet lagen. „Setzen sie sich und schauen sie sich alles in Ruhe an." Hanna bedankte sich und machte es sich auf der Couch gemütlich. Auf der Karte stand in altdeutschen Buchstaben „Schloss Friedlander" geschrieben. Datiert war sie aus dem Jahr 1923. „Wann haben sie das Anwesen gekauft?", fragte sie Herrn von Hellbach. „Ich habe es erst von zwanzig Jahren erworben, da hieß es schon Schloss Burgwacht. Der Besitzer war damals Anton Jäger, Spross einer industriellen Familie. Das Schloss Friedlander wurde im zweiten Weltkrieg von den Nazis enteignet. Der ursprüngliche Besitzer, ein gewisser Isaak Friedlander, ein jüdischer Kaufmann wurde 1939 von den Nationalsozialisten inhaftiert und mit samt seiner Familie in ein Konzentrationslager deportiert." „Wissen sie was mit der Familie dann passiert ist?" „Nein leider nicht. Nach dem Krieg hat dann Anton

Jäger das Schloss gekauft und es in Schloss Burgwacht umbenannt. Nach seinem Tod vor zwanzig Jahren, habe ich es dann übernommen. Den Namen habe ich so belassen", antwortete Peter von Hellbach. Hanna schaute sich die Pläne von dem Keller an. Es waren nur die Umrisse der einzelnen Kellerräume eingezeichnet. „Ist der Keller noch genauso erhalten, wie er hier auf der Karte eingezeichnet ist?" „Ja soweit ich beurteilen kann, ist seitdem diese Karte gezeichnet wurde nicht verändert worden." „Haben sie was dagegen, wenn ich morgen zwei Kollegen vorbei schicke, die die Kellerräume noch einmal genauer untersuchen Herr von Hellbach?" „Nein, alles ist mir recht, damit dieser schreckliche Mord aufgeklärt wird. Meine Frau traut sich schon gar nicht mehr zum Schloss rüber zu gehen."

*

Olaf Boge kam pünktlich am vereinbarten Treffpunkt an. Der Käufer, ein gewisser Jakob Bernstein wollte ihn im Wätjens Park treffen. Wätjens Park war ein beliebter Park der sich in den Bremen Norder Stadtteilen Blumenthal und Vegesack befand. Direkt an der Landrat-Christian-Straße gab es einen Eingang zum Park. Das schmiedeeiserne Tor stand offen. Es war zu beiden Seiten umsäumt von zwei riesigen Pfeilern, die wie kleine Türme nach oben ragten. Rechts stand ein Haus aus roten Backsteinen, das ehemalige Pförtnerhaus.

Er ging durch das offene Tor und weiter auf einen schmalen Weg Richtung Park. Der Käufer hatte ihn den Weg genau beschrieben, nach dem Eingang rechts halten und dann geradeaus. Dort sollte etwa hundert Meter weiter eine Bank stehen auf der er sitzen würde und auf ihn warten wollte.

Nachdem er den Weg ungefähr achtzig Meter weit in den Park hinein gegangen war, sah er von weitem die Bank und die Umrisse eines Mannes, der darauf saß. Es war schon recht dunkel. Der Mann war dunkel gekleidet und hatte einen Hut auf. Olaf kam näher und blieb stehen. „Sind sie Jakob Bernstein?", fragte er den Mann, der nach unten schaute und mit einem Stock etwas in den Sand malte. „Ja, das bin ich". Jakob schaute auf und fixierte ihn mit starren Augen. „Hier ist die Ware", Olaf Boge holte ein Päckchen aus seiner Umhängetasche und hielt es dem Fremden in Reichweite hin. Der Mann stand langsam auf und nahm das Päckchen. Er öffnete es leicht, schaute hinein und wirkte erleichtert. Danach holte er aus seiner Manteltasche einen Umschlag, den er Olaf übergab, der schnell danach griff. Er riskierte einen Blick hinein und seine geschulten Augen sahen sofort, dass es die vereinbarte Summe war. „Danke", sagte er und drehte sich zum Gehen um.

Der Knall hallte durch die Nacht und traf gezielt. Olaf sank zu Boden und blieb regungslos liegen. Der Fremde kam näher und kniete nieder, fühlte den Puls. Ein

Lächeln huschte über sein Gesicht und er flüsterte zu sich selber: „Nummer drei".

7.

Als Hanna spät abends das Revier betrat, wartete Kai schon in seinem Büro auf sie. „Ich komme sofort zu dir Kai, ich mache mir nur schnell einen Tee.", rief sie Kai durch die leicht geöffnete Bürotür zu. Kai hatte den ganzen Nachmittag im Internet geforscht und auch mit einem Mitarbeiter des Heimatvereins Vegesack gesprochen. Leider konnte ihm niemand etwas Genaues über die alte Ruine im Auetal erzählen. Es schien so, als wäre es einfach nur ein altes Haus, welches irgendwann mal verlassen wurde und nun noch als Überbleibsel im Wald sein Dasein fristete. Nicht so interessant also wie die Geschichte des Schlosses Burgwacht, die Hanna ihm erzählte, nachdem sie sich mit einer dampfenden Tasse Tee auf den Stuhl ihm gegenüber niedergelassen hatte. „Morgen schicken wir Thomas und Britta zum Schloss, sie sollen die Kellerräume noch einmal gründlich unter die Lupe nehmen." „Das ist eine gute Idee", pflichtete ihr Kai bei. „Ich werde mich morgen mit den jüdischen Namen der Toten beschäftigen und Kontakt mit dem Leiter der Gedenkstätte Mauthausen aufnehmen. Vielleicht kann ich noch etwas mehr über die Namen herausfinden, die unsere beiden Toten benutzt haben." „Ok" sagte Hanna, „dann werde ich die Banken abtelefonieren und versuchen herauszufinden, ob in der letzten Woche irgendwo eine große Summe Geld aufgezahlt wurde. Außerdem werde ich schauen, ob ich etwas zu Isaak Friedlander finde, vielleicht gibt es eine Verbindung zu den jüdischen Namen, die unsere zwei Toten benutzt haben.

Als Kai Hanna an diesem Abend zuhause absetzte war sie froh, dass Till noch nicht da war. Sie brauchte Ruhe zum Nachdenken und ihr Kopf war voller Gedanken. Sie öffnete sich eine Flasche trockenen Rotwein und aß dazu eine Portion Spaghetti, die Till in seiner Mittagspause zubereitet hatte. Danach setzte sie sich an den Computer und surfte ein wenig durch das Internet. Irgendwann landete sie auf Seiten über jüdische Kunstschätze. Sie schüttelte den Kopf über sich selber, schaltete den Computer aus und ging ins Bett. Till hatte ihr geschrieben, dass er noch einen Freund getroffen hatte und es spät werden konnte. Sie wollten noch zusammen am Hafen im Tinto eine Kleinigkeit essen gehen. Im Bett schaltete sie den Fernseher an, für sie die beste Möglichkeit abzuschalten und die Gedanken wegzuschieben. Die letzten Tage waren ereignisreich und für Bremen Nord nicht alltäglich. Zwei Morde in kurzen Abständen, die allem Anschein nach zusammenhingen kamen hier nicht so oft vor. Es lag eine Menge Arbeit vor der Abteilung und sie hoffte, dass es bald die ersten Anhaltspunkte für die Taten geben würde.

*

Als Kai zuhause ankam wartete schon Lola auf ihn. Sie sprang freudig an ihm hoch und wollte spazieren gehen. Kai leinte Lola an, nahm sich einen Apfel und dann brachen die beiden zu einem langen Spaziergang durch Schönebeck auf. Er vermied es heute Richtung Schönebecker Schloss zu gehen, denn er wollte abschalten und nicht über den Fall nachdenken. Also nahm er den entgegengesetzten Weg in Richtung Ökologiestation. Nach einer Stunde zügigem Laufen durch den Schnee fühlte er sich erholt und erfrischt. An Lolas Pfoten haftete der

Schnee in Form von kleinen Schneebällen und sie lief steifbeinig durch die Winternacht. Wieder am Haus angekommen freute Kai sich auf sein Bett. Er nahm nur noch eine Kleinigkeit zu sich und ging dann sofort schlafen. Es hatte wieder angefangen zu schneien und er kuschelte sich gemütlich unter seine Bettdecke und schlief ein.

*

Als Magnus an diesem herrlichen Wintermorgen zu seiner täglichen Joggingrunde aufbrach, wusste er noch nicht, dass sein Tag heute nicht wie geplant ablaufen würde. Magnus hatte feste Rituale, zu denen auch das morgendliche Joggen vor dem Frühstück gehörte. Sein Wecker klingelte um sechs Uhr, er streckte sich einmal kurz und sprang dann leichtfüßig aus dem Bett um sich seine Sportklamotten überzuziehen. Er verließ seine Wohnung pünktlich um sechs Uhr zehn und joggte die Straße in Richtung Wätjen Park hinauf. Es war sehr kalt aber trocken, die Luft war herrlich frisch und rein. Er lief in den Park, vorbei an der Villa bis zum Roseliusgarten. An einer Bank machte er halt, um sich seine Schuhe neu zu binden. Er schnürte den ersten Schuh zu und blickte dabei nach vorne auf den Gedächtnistempel. Das Gebäude war durch einen eisernen Zaun geschützt. Er schaute zurück auf seine Schuhe und schnürte auch den zweiten Schuh zu. Dann stutzte er, schaute wieder hoch zum Tempel. Etwas Großes hing an der rechten Seite des Zaunes. Die eine Hälfte des Gebildes stand über den Zaun, der Rest hing am Zaun herab. Ohne den Blick abzuwenden schnürte er den zweiten Schuh zu ende. Dann erhob er sich und ging langsam über den schneebedeckten Rasen zum

Gedächtnistempel. Je näher er kam, desto mehr entpuppten sich die Umrisse des am Zaun hängenden Gebildes als die Form eines Menschen. Er ging nun ganz nah ran und dann konnte er tatsächlich erkennen, dass es sich um einen Mann handelte, der wie an seinem Hosensaum aufgehangen dort vom Zaun herabhing. Der Kopf hing nach vorne, sodass er das Gesicht nicht erkennen konnte. Die Arme und Beine hingen steif herab und standen etwas vom Körper ab. Unter ihm hatte sich eine rotgefrorene, kleine Pfütze gebildet, die allen Anschein nach aus einem Loch entstanden war, welches sich in der rechten Brust des Mannes befand.

Magnus schaute sich um, konnte aber niemanden entdecken. Rund um den Gedächtnistempel herum konnte er jedoch viele Fußspuren erkennen. Er entfernte sich vorsichtig von diesem Ort des Grauens um die Spuren nicht zu verwischen, setzte sich auf die Bank und wählte mit seinem Handy den Notruf der Polizei.

Der Anruf erreichte Hanna noch zuhause am Frühstückstisch. Eine Streife würde sie abholen und direkt zum Fundort einer Leiche bringen, die ein Jogger heute Morgen im Wätjens Park gefunden hatte. Kai hatte einen wichtigen privaten Termin und würde nachkommen, sobald er Zeit hätte.

Till lag noch tief schlafend im Bett. Es war spät geworden gestern Nacht. Hanna legte ihm einen Zettel auf den Frühstückstisch, füllte sich ihren Kaffee in einen ToGo-Becher um und machte sich auf den Weg nach Draußen, um auf die Streife zu warten. Während sie wartete aß sie den Rest ihres Marmeladentoastes. Die Streife bog um die Ecke und hielt genau vor ihr an. „Guten Morgen, ein Taxi gefällig?", der Beamte begrüßte Hanna freundlich. „Aber gerne doch", Hanna stieg ein und begrüßte die beiden Beamten ebenfalls. Sie kannten sich vom Revier. Die Fahrt zum Wätjens Park dauerte nur zehn Minuten. Von weitem sah sie schon das Blaulicht und die Menschentraube, die sich vor dem Haupteingang des Parkes gebildet hatte. Das Polizeiauto fuhr sie direkt bis zum Eingang, dann stieg Hanna aus.

„Guten Morgen", Hanna ging zu den dort stehenden Polizeibeamten. „Wer kann mir den Weg zum Fundort der Leiche zeigen?" Ein junger Beamter, der sehr nervös wirkte, bot sich sofort an und brachte Hanna direkt zum Gedächtnistempel.

Als Hanna näherkam sah sie, dass Britta und Thomas schon vor Ort waren. Sie liefen geschäftig hin und her und sammelten Spuren. Auch Uwe Maschen, der Rechtsmediziner war schon da. Er drehte sich zu ihr um „Guten Morgen Hanna", er zeigte zur Leiche, die noch genauso wie sie der Jogger gefunden hatte am Zaun des Gedächtnistempels hing. „Schau dir das an. Das war bestimmt nicht einfach den Mann dort oben zu drapieren. Ob das einer alleine schaffen würde, wage ich zu bezweifeln".
„Guten Morgen Uwe, was haben wir schon?"

Sie streckte Uwe zur Begrüßung die Hand hin. „Also, es handelt sich bei dem Toten um einen Mann um die fünfzig Jahre alt. So wie es aussieht wurde er erschossen." Er zeigte auf eine Wunde an der Brust in Herzhöhe. Dann machte er ein Zeichen zu ein paar umstehenden Beamten. „Ihr könnt die Leiche jetzt vorsichtig herunterheben. Mehr kann ich jetzt noch nicht sagen", antwortete er zu Hanna gewandt. Hanna ging weiter zu Thomas, der vor einer Fußspur kniete. „Hallo Thomas, hast du schon was Interessantes für mich?" „Guten Morgen Hanna. Ich kann es noch nicht mit absoluter Sicherheit sagen, aber ich denke wir haben hier dieselben Fußspuren wie am Tatort der zwei anderen Leichen im Schloss Burgwacht und in dem Wäldchen am Schönebecker Schloss. Außerdem haben wir ein benutztes Taschentuch gefunden, welches wir aber noch nicht zuordnen können und einen Kugelschreiber, mit dem Aufdruck der

Hamburger Sparkasse. Wir werden im Labor die DNA, sowie die Fingerabdrücke des Toten abgleichen." Hanna ging wieder zurück zu Uwe. Inzwischen war auch Kai angekommen und kniete neben Uwe vor dem Toten, der nun auf einem weißen Laken auf den schneebedeckten Boden vor dem Zaun lag. Er winkte Hanna her. „Hanna schau mal was wir gefunden haben." Er hatte sich Handschuhe angezogen und hielt das rechte Ohr des Toten etwas nach vorne. „Lass mich raten", sagte Hanna. „Der Tote hat ein ´Tattoo in Form eines Davidsternes hinter seinem rechten Ohr?" „Genau und zwar exakt das Gleiche wie unsere beiden Toten aus dem Schloss und aus dem Wäldchen." Er durchsuchte nun die Taschen des Toten, während Uwe die Temperatur maß, um den Todeszeitpunkt zu bestimmen. In der rechten Manteltasche fand er einen Ausweis, der auf den Namen Aron Ledermann ausgestellt war. „Wieder ein jüdischer Name und höchstwahrscheinlich auch ein falscher Name." „Langsam nimmt das Ganze Fahrt

auf." Hanna atmete schwer durch. „Lass uns aufs Revier fahren", sagte sie dann zu Kai. „Wir müssen alle Fakten aufschreiben und unbedingt herausfinden wer die Toten wirklich sind und wie die drei Taten zusammenhängen,
bevor noch mehr passiert." „Du hast Recht Hanna lass uns los. Ach Uwe, kannst du schon etwas über den Todeszeitpunkt sagen?" „Ich schätze so zwischen sechzehn und zwanzig Uhr gestern Abend." „Alles klar", antwortet Hanna. „Wir fahren jetzt aufs Revier. Heute Abend fünf Uhr im Konferenzraum zum Austausch."

Er beobachtete sie aus sicherer Entfernung. Es gab ihm Genugtuung zu sehen was seine Taten auslösten. Eine Genugtuung, auf die er sehr lange gewartet hatte. Wenn er erst im Besitz dessen war, auf das er so lange gewartet hatte, nachdem er so lange gesucht hatte. Wieder im Besitz der Familie, dann würde alles gut werden, dann würde er zur Ruhe kommen.

*

Als Kai und Hanna im Revier ankamen, wartete Peter schon auf sie. Peter war ein quirliger mittdreißiger, der mit seiner Familie im letzten Jahr aus Köln nach Bremen gezogen war. Sein Spezialgebiet war Internetrecherche und er liebte es stundenlang am Computer zu hocken und zu surfen.
„Schaut mal ihr beiden was ich gefunden habe. Ich habe ein wenig in der Szene der Kunstverkäufer gesucht. Nachdem ich `jüdische Kunst kaufen` in die Suchmaschine eingegeben habe, bin ich auf ein Forum gestoßen, in dem diese Ware angeboten wird. Ich habe dann mal ein wenig rumgelesen und folgendes gefunden. Vor ungefähr einem Monat, hat ein Mann namens und jetzt haltet

euch fest, Levin Edelstein Schmuck aus dem Erbe seiner Familie zum Verkauf angeboten. Als Kontaktmöglichkeit hat er seine Handynummer angegeben. Diese habe ich dann gecheckt und sie gehört einem gewissen Tim Manns aus Koblenz. Hier sind die Kontaktdaten." Peter strahlte über das ganze Gesicht, als er Hanna und Kai seine Notizen übergab. „Mensch Peter, das ist ja großartig." Hanna nahm den Zettel und drückte Peter kurz. „Es kommt noch besser.", Peter grinste „hier ist die Liste der Telefonate, die er in den letzten dreißig Tagen geführt hat." Kai klopfte ihm auf die Schulter. „Wirklich gute Arbeit Peter. Und jetzt ran an die Arbeit, damit können wir doch schon einiges anfangen."

*

Eine Stunde vor dem Meeting trafen sich Hanna und Kai um zu besprechen, was sie am Nachmittag recherchiert hatten. Hanna war am Nachmittag mit einem richterlichen Beschluss in den Banken von Bremen unterwegs gewesen und hatte dabei herausgefunden, dass tatsächlich eine hohe Summe einen Tag nach dem Treffen von Elias Rosenbaum und Hans Zucker bei der Sparkasse Bremen eingezahlt wurde. Der Einzahler war ein Mann namens Thomas Bader. Name und Kontaktdaten hatte sie bereits an Peter weitergegeben, der sich darum kümmern wollte.

Auch Kai hatte Neuigkeiten. Das Telefonat mit dem Leiter der Gedenkstätte Mauthausen hatte ergeben, dass auch der Name des dritten Opfers, Aron Ledermann auf den Gedenktafeln zu finden war. Auch er war ein Opfer des Holocaust und im Jahre 1943 verstorben. Außerdem hatte er mit der Kripo in Koblenz telefoniert. Ein Tim Manns war dort tatsächlich gemeldet. Er war ein Immobilienmakler und alleinstehend. Die dortigen Beamten haben ihn zuhause aufgesucht, aber leider nicht angetroffen.

Es klopfte und Peter kam ins Büro. „Kommt mal mit rüber, ich muss euch etwas zeigen." Kai und Hanna folgten ihm in sein Büro. Auf seinem Computer war Facebook geöffnet. Auf der Seite oben stand der Name Tim Manns. „Und nun schaut euch mal das Foto von Herrn Manns an." Von der Seite lächelte ihnen in vielfacher Ausführung das zweite Opfer entgegen. Ob beim Golfen oder auf Reisen, überall konnte man einen fröhlichen Mann sehen, der sein Leben zu genießen schien. Dann klickte Peter ein neues Album an. Hier war Tim Manns zusammen mit Freunden zu sehen. Kai ging näher an den Bildschirm und setzte sich seine Brille auf.

„Hier ist er zusammen mit dem ersten Toten zu sehen. Das ist ja unglaublich", er winkte Hanna her. „Ja das ist tatsächlich unser Toter Hans Zucker. Konntest du den Namen herausfinden?", sagte sie zu Peter. „Nein nicht über Facebook", antwortete Peter. „Aber ich habe den Namen Thomas Bader in die Suchmaschine eingegeben. Der Mann, der das viele Geld bei der Sparkasse Bremen eingezahlt hat. Der Computer hat mehrere Männer mit dem Namen ausgespuckt." Dann lächelte er Hanna verschmitzt an, „aber dieser Thomas Bader hier ist auf alle Fälle unser Tote vom Schloss Burgwacht, alias Hans Zucker. Einen Raubmord können wir somit ausschließen. Es muss den Täter um etwas anderes gegangen sein.

8.

So langsam kam Bewegung in die Geschichte. Hanna und Kai gingen gespannt in das Meeting und hofften, dass es neue Erkenntnisse gab.
Uwe hatte den Toten weitmöglichst untersucht. „Der Mann ist an seiner

Schussverletzung direkt in das Herz gestorben. Er war sofort tot. Die Kugel hat den Körper durchschlagen. Britta und Thomas haben die Kugel in der Nähe des Tatortes sichergestellt. Das Tattoo hinter dem rechten Ohr ist augenscheinlich derselben Herkunft, wie die Tattoos der Toten aus dem Schloss und aus dem Wald. Es ist ähnlich unsauber gestochen. Ich denke es ist nicht von einem Profi gestochen. Aus dem benutzten Taschentuch, welches wir am Tatort gefunden haben, konnte ich eine DNA sicherstellen. Leider habe ich keinen Treffer dazu in der Datenbank gefunden. Der Täter muss sehr stark gewesen sein, oder er hatte einen Komplizen. Den Mann dort ohne Hilfe am Zaun aufzuhängen dürfte nicht so einfach gewesen sein". „Danke Uwe." Hartmut wandte sich nun Thomas zu. „Was hat die KTU herausgefunden?"

„Die Kugel, die wir am Tatort sichergestellt haben stammt aus einer Glock 17,

Selbstladepistole, Kaliber 9 x 19mm. Bisher gibt es keine Hinweise darauf, dass die Pistole aus der diese Kugel stammt schon einmal bei einem weiteren Verbrechen benutzt wurde."
Thomas nickte Britta zu und bat sie weiter zu berichten. „Einige der Fußspuren rund um den Tatort können wir eindeutig als die gleichen Fußspuren vom ersten Tatort und zweiten Tatort einordnen. Auf dem Kugelschreiber der Sparkasse Hamburg, den wir neben dem Toten gefunden haben, konnten wir die Fingerabdrücke des Toten feststellen. Er gehörte also ihm, oder zumindest hat er ihn benutzt", Britta lehnte sich wieder zurück.

Nun stand Hanna auf und ging an die aufgestellte Tafel, an der Fotos von den Toten hingen und informierte das Team über die Neuigkeiten, die Peter, Kai und sie heute recherchiert hatten.

Hanna fasste nun noch einmal alles zusammen. „Wir können also vorläufig davon ausgehen, dass alle drei Morde zusammenhängen. Das heißt, wir haben hier einen Serienmörder. Alle Opfer hatten dasselbe Tattoo hinter dem rechten Ohr. Alle benutzten falsche jüdische Namen. An allen drei Tatorten haben wir Fußabdrücke gefunden, die wir derselben Person zuordnen können, höchstwahrscheinlich dem Mörder. Den ersten beiden Toten können wir bereits einen Namen geben. Der Tote im Keller von Schloss Burgwacht heißt Thomas Bader alias Hans Zucker aus Koblenz. Er ist alleinstehend und den Fotos auf Facebook nach zu urteilen ein guter Freund unseres Toten aus dem Wald am Schönebecker Schloss. Er hat kurz nach dem Treffen mit Elias Rosenbaum, auf dem er ihm ein altes, wertvolles jüdisches Buch verkauft hat eine hohe Summe auf ein Konto der Sparkasse Bremen eingezahlt. Ich denke, wir können einen Raubmord ausschließen. Der Mörder muss einen anderen Grund gehabt haben ihn zu töten.

Der zweite Tote heißt Tim Manns alias Levin Edelstein. Auf seiner Facebookseite haben wir Fotos gefunden, auf denen er zusammen mit Thomas Bader zu sehen ist. Er hat im Internet jüdischen Schmuck angeboten unter dem Namen Levin Edelstein. Einen Ausweis mit diesem Namen haben wir bei ihm gefunden. Seinen realen Namen haben wir über die Telefonnummer herausgefunden, die er in der Anzeige angegeben hat. Den Namen des dritten Opfers haben wir noch nicht herausgefunden. Auffällig ist auch, dass alle drei auf unterschiedliche Art ums Leben gekommen sind: erschlagen, erstochen und erschossen. Ob das Zufall ist, oder ein System dahinter steckt können, wir noch nicht beurteilen. Die jüdischen Namen, die die drei Opfer als Tarnung benutzen, stehen alle auf einer Gedenktafel in Mauthausen. Sie waren Opfer des Holocaust und haben ihr Leben im Konzentrationslager verloren. Sowohl Elias Rosenbaum, als auch Fiona Köster waren schon zur Aussage hier auf dem Revier. Das war es erstmal von meiner Seite." Hanna setzte sich wieder auf ihren Platz neben Kai. Nun stand Kai auf und sprach weiter. „Peter wird sich jetzt um die Liste der Telefonate von Tim Manns kümmern. Da wir davon ausgehen, dass die Morde mit dem jüdischen Schmuck und eventuell weiteren jüdischen Kunstschätzen zu tun haben hoffen wir, dass der Kontakt zu dem Mörder über das Internetportal zu Stande gekommen ist und sich damit seine Telefonnummer auf der Liste befindet. Die KTU schickt bitte die Fingerabdrücke der ersten beiden Toten an die Kollegen nach Koblenz, um sie mit den Fingerabdrücken in den Wohnungen abzugleichen. Außerdem haben wir euch für morgen Vormittag auf Schloss Burgwacht angemeldet, um die Kellerräume noch einmal genau unter die Lupe zu nehmen. Die Pläne hat Hanna schon von Herrn von Hellbach bekommen. Ihr könnt sie gleich mitnehmen, sie liegen in meinem Büro. Vielleicht findet ihr Hinweise darüber, was Thomas Bader dort gesucht hat. Ich denke die Gästeliste der Hochzeit vom Abend des Mordes können wir getrost außer Acht lassen. Ich glaube nicht, dass diese Feier etwas mit den Morden zu tun hat. Hanna und ich werden versuchen etwas über den dritten Toten aus dem Wätjens Park herauszufinden. Vielleicht können wir ihn über den Kugelschreiber der Sparkasse Hamburg identifizieren, oder finden noch etwas auf den Facebookseiten von Tim Manns und Thomas Bader zu ihm. Ich hoffe, dass wir schnell zu Ergebnissen kommen, bevor noch mehr Morde geschehen. Herr Mahrens, der das dritte Mordopfer gefunden hat, kommt morgen Vormittag zur Aussage aufs Revier. Ich denke aber nicht, dass wir durch seine Aussage noch weitere Erkenntnisse gewinnen können. Er ist zufällig am Tatort vorbeigekommen, es ist seine tägliche Joggingrunde. Gibt es sonst noch Fragen?"

Ein Raunen ging durch die Anwesenden. Es waren viele neue Informationen an diesem Abend und der Fall wurde langsam interessant, aber auch brenzlig. Die Tatsache, dass scheinbar ein Serienmörder sein Unwesen im beschaulichen Bremen Nord treibt, drückte die Stimmung. Keiner hatte weitere Fragen und so löste Hartmut Wunder die Runde auf, wünschte allen einen ruhigen, erholsamen Abend und viel Erfolg bei den weiteren Ermittlungen.

*

Als Elias Rosenbaum an diesem Abend zu Bett ging, spürte er einen kalten Windzug, der ihm beim Gang durch das Treppenhaus nach oben in das Schlafzimmer die Beine hochkroch. Seine Frau war bereits zu Bett gegangen. Sie hatte gestern ein spannendes Buch begonnen zu lesen und wollte es an diesem Abend weiterlesen. „Hast du das

Fenster in der Küche aufgelassen nach dem Abendessen, Liebes?", rief er ihr nach oben zu. „Nein ich habe es geschlossen, bevor ich ins Bett gegangen bin." „Ich schau lieber noch einmal nach, ich komme gleich."

Er ging die Treppe wieder hinunter in Richtung Küche. Sie hatten zu Abend warm gegessen. Es gab gebratenen Fisch, dessen köstlicher Duft das komplette Untergeschoß durchzogen hatte und darum die Fenster in der Küche geöffnet, damit er abziehen konnte. Er kam in die Küche und sah, dass seine Frau tatsächlich die Fenster geschlossen hatte. Noch immer spürte er den kalten Windzug um die Beine, aber er schien aus dem Kaminzimmer zu kommen.

Er betrat das Kaminzimmer und sah die Gardienen, wie sie im kühlen Wind um das Fenstersims tanzten. Er wollte das Fenster gerade schließen, als sein Blick auf den Safe fiel, der sich neben dem Kamin hinter einem Bild befand. Die Tür stand offen, das Bild lag auf der Anrichte daneben und einige Papiere lagen davor.

Sofort ließ er vom Vorhaben ab das Fenster zu schließen und lief zum offenstehenden Safe, schaute hinein. Auf dem ersten Blick sah es aus als würde nichts fehlen. Die Geldbündel lagen fein säuberlich im oberen Regal. Auch die alte Schmuckschatulle stand auf dem Boden des Safes. Er griff ins Innere, der Atem stockte ihm, das Buch war nicht da. Elias Rosenbaum ging hastig zum Schreibtisch, nahm die darauf liegende Taschenlampe und leuchtete in den Safe. Das alte jüdische Buch war verschwunden.

Er hatte es gerade noch geschafft den Nachtzug zu bekommen. Das Ticket für die Rückfahrt von Hannover nach Bremen hatte er schon am Hauptbahnhof Bremen gekauft. Das Öffnen des Safes war nicht so leicht, wie er gedacht hatte und der alte Mann wollte einfach nicht ins Bett gehen. Als er dann vor dem offenen Safe stand, war die Versuchung groß. Der Safe war gefüllt mit Geldbündeln und Schmuck. Aber das alles interessierte ihn nicht. Er wollte das Buch, das Buch von dem sein Vater ihm immer wieder erzählte. Ein Buch, welches schon immer im Besitz seiner Familie gewesen war. Seite für Seite mit jüdischen Symbolen aus Gold bestückt. Er nahm es und ließ all die anderen Kostbarkeiten zurück, sie gehörten ihm nicht und er war kein Dieb.

Nun saß er im Zug, schloss die Augen und lauschte dem gleichmäßigen Hämmern und Klopfen der Räder, die über die Schienen rasten. Das Geräusch wurde immer leiser und leiser, seine Gedanken schweiften in die Ferne. Er dachte an seinen Vater. Wie stolz er sein wird über das, was er schon erreicht hatte. Welche Genugtuung die Familie erfahren würde, wenn er sein Werk beendet hatte. Nur einmal noch, nur einmal noch würde er sündigen und er hoffte, dass „der Ewige" ihm verzeihen würde, dann schlief er ein.

Der Keller war sehr kalt und feucht. Die aufgestellten Scheinwerfer konnten nur mit Mühe die Temperaturen etwas in die Höhe treiben. Britta und Thomas gingen jeder mit einer Taschenlampe bestückt zusammen durch die Kellerräume des Schlosses Burgwacht. In der Hand die Pläne, die Hanna gestern von Herrn von Hellbach bekommen hatte. „Also nur alleine vom Aussehen der Wände kann man nicht erkennen, ob es versteckte Hohlräume gibt.", sagte Britta. „Die Strukturen der Wände sind so uneben und überall verschieden, dass ich nicht denke, dass wir irgendwelche nachträglich eingebauten Räume auf diese Weise entdecken werden.", erwiderte Thomas resigniert. „Lass uns mal die Wände abklopfen", sagte er zu Britta. „Ich fange hier hinten an und du beginnst vorne."

Thomas verschwand in der Dunkelheit des hinteren Kellergewölbes. Seine Schritte wurden immer leiser und Britta hörte, wie er anfing die Wände abzuklopfen. Sie selber nahm sich ebenfalls ein Werkzeug aus dem Koffer und klopfte die Wände des ersten Kellerraumes ab, der direkt an der Treppe zu den Räumlichkeiten nach oben seinen Eingang hatte.

Es verging gut eine viertel Stunde, als Thomas sie vom anderen Ende des Kellers rief. „Britta, komm mal bitte zu mir rüber und bring die Pläne des Schlossen mit."

Als Britta Thomas erreichte, lehnte er mit seinem Ohr an der Wand des letzten Kellerraumes und klopfte leicht dagegen. „Hier horch mal", Thomas klopfte erneut gegen die Wand. „Hörst du das?" „Ja, das klingt hohl." „Hier, halt mal bitte", Thomas gab Britta den kleinen Hammer, nahm die Pläne und suchte nach Hinweisen auf der Karte, ob sich in dem Raum, in dem sie sich befanden eventuell ein eingezeichneter Hohlraum befand. Dann ging er zurück zum ersten Keller und kam mit dem Koffer zurück, den sie für ihre Untersuchungen mitgebracht hatten. Er nahm einen

Spitzmeißel aus dem Koffer und begann vorsichtig die Mauer an der Stelle aufzumeißeln, an der er glaubte, dass sich dahinter ein Hohlraum befinden könnte. Stück für Stück fielen kleine Gesteinsbröckchen aus der Wand und türmten sich am Boden davor zu einem kleinen Gesteinsberg. Er steckte seinen kleinen Finger in die entstandene Öffnung und schaute zu Britta. „Tatsächlich, hier hinter befindet sich ein Hohlraum. Leuchte mal bitte mit deiner Taschenlampe hinein." Britta hielt die Taschenlampe auf das kleine Löchlein. „Ich kann noch nichts sehen. Die Öffnung ist noch zu klein." Nun nahm sich auch Britta Werkzeuge aus dem Koffer und beide begannen jetzt vorsichtig die Mauer weiter zu bearbeiten, bis die Öffnung so groß war, dass man gut hineinschauen konnte. Wieder leuchtete Britta hinein. Dann legte sie die Taschenlampe zur Seite und griff in den geöffneten kleinen Raum hinter der Mauer.

Ihre Hände ertasteten ein kleines Kästchen, welche sie vorsichtig herauszog. Gespannt schaute sie zu Thomas, pustete den Staub ab und öffnete das Kästchen langsam.

*

Hanna saß gerade in ihrem Büro am Schreibtisch. Facebook war geöffnet und sie durchforstete das Profil von Tim Manns, um Hinweise auf das dritte Opfer zu finden, als ihr Telefon klingelte. „Hanna Wolf", sagte sie abwesend in den Hörer, ohne die Augen vom Bildschirm zu lösen. „Hallo Hanna, hier ist Thomas." „Guten Morgen Thomas, gibt es was Neues, habt ihr etwas gefunden?" „Ja das haben wir. In einem der Kellerräume haben wir durch Klopfen einen Hohlraum entdeckt, den wir vorsichtig geöffnet haben. Dahinter befand sich tatsächlich ein kleiner Raum, in dem wir eine kleine Schmuckschatulle gefunden haben." „Das ist ja interessant

Thomas und befand sich etwas in der Schatulle?", Hanna war plötzlich hellwach. „Es sind einige Schmuckstücke darin. Wir informieren jetzt Herrn von Hellbach über unseren Fund und fahren dann damit zu weiteren Untersuchungen aufs Revier." „Kannst du schon etwas über den Schmuck sagen?" fragte Hanna. „Also dem Aussehen nach zu urteilen, könnte es sich tatsächlich um jüdischen Schmuck handeln. Das würde auch dazu passen, dass das Schloss ursprünglich einem Herrn Isaak Friedlander gehörte. Wer weiß, vielleicht hat er den Schmuck wohlweißlich hier eingemauert, als die Nationalsozialisten an die Macht gekommen sind. Aber Näheres kann ich erst nach den Untersuchungen im Labor sagen. Wir sehen uns später." „Ok Thomas, bis später." Hanna legte auf, stand auf und ging hinüber zu Kai um ihm die Neuigkeiten mitzuteilen.

Auch Kai war nicht untätig gewesen und hatte ebenfalls Neuigkeiten für Hanna. Er hatte mit dem Filialleiter der Sparkasse gesprochen, dessen Adresse sich auf dem Kugelschreiber, der am Tatort gefunden wurde und an dem die Fingerabdrücke des Toten gefunden wurden, gesprochen. Es gab zwei Kollegen, die heute unentschuldigt am Arbeitsplatz gefehlt haben. Auf einem passte die Beschreibung des Toten. Er wartete nun darauf, dass er Namen und Adresse dieses Mannes per Mail zugeschickt bekam. „Das sind gute Neuigkeiten", sagte Hanna zu Kai. Wenn jetzt auch noch Peter mit der Anrufliste des Handys von Tim Manns erfolgreich ist, wären wir ein gutes Stück weiter. Sollte der Kontakt zum Verkauf des jüdischen Schmuckes über das Handy zustande gekommen sein, könnte das die erste Spur zu unserem Mörder sein.

*

Auf dem Weg in die Kantine liefen Hanna und Kai Peter Borchers direkt in die Arme. „Ach Peter, hast du schon die Telefonnummern der Liste zuordnen können?" fragte Hanna. „Ich bin dabei, aber noch nicht ganz fertig. Ein Name ist interessant. Ich komme nach dem Mittag zu dir ins Büro.", erwiderte Peter.

In der Kantine angekommen setzten sich die beiden an den hintersten Tisch. Sie wollten ungestört reden. Es gab viele Neuigkeiten und sie wussten, dass sie die Regel beim Mittag nicht über die Arbeit zu sprechen, heute nicht einhalten würden können.

„Also der Fall wird ziemlich interessant." sagte Kai zu Hanna. „Obwohl wir noch nichts genaues haben, noch keine Spur zum Mörder.", antwortete Hanna, während sie beherzt in ihrem Salat stocherte um die ungeliebten Zwiebeln zu entfernen und am Rande des Tellers zu einer Art Verzierung aufzutürmen. „Ja das stimmt, aber so langsam setzt sich das Puzzle zusammen. Ich denke wir können auf alle Fälle davon ausgehen, dass es irgendetwas mit jüdischem Schmuck oder auch jüdische Kunst im Allgemeinen zu tun hat. Ich glaube aber nicht, dass es sich um Raubmorde handelt." „Das glaube ich auch nicht Kai.", erwiderte Hanna und begann zu essen, nachdem sie ihre Zwiebeljagt beendet hatte. „Auch der Schmuck, den Thomas und Britta im Keller vom Schloss gefunden haben ist allen Anschein nach jüdischer Herkunft. Der Täter hat Thomas Bader aber erschlagen, bevor dieser den Schmuck gefunden hat." „Ja", Kai lehnte sich nachdenklich zurück. „Aber wir wissen nicht, ob er eventuell anderen Schmuck bei sich hatte, den der Täter nach der Tat dem Opfer abgenommen hat. Auch wissen wir nicht genau, woher Thomas Bader wusste, dass sich im Schlosskeller ein Versteck mit Schmuck befand und ob der Täter es überhaupt wusste. Ich bin gespannt, was Peter über die Telefonliste des Handys von Tim Manns herausgefunden hat.

9.

Er saß auf einer Bank im Stadtgarten und genoss den Ausblick auf die Weser. An der rechten Seite sah er die Fähre, die im zwanzig Minuten Takt vom Anleger am Utkiek in Richtung Lemwerder aufbrach und in der Mitte des Flusses auf ihren Zwilling traf, ihn passierte, um dann kurze Zeit später am anderen Weserufer anzulegen. Die Weserpromade sah wunderschön aus. Zwei Reihen Bäume, alle im gleichen Abstand gepflanzt, zogen sich bis zur Gläsernen Werft hinter dem Schlepper Regina.

Die Gläserne Werft war ein Maritimes Restaurant, welches wie auf vier eisernen Beinen am Weserufer stand. Vom Speisesaal und der wunderschönen Terrasse aus konnte man direkt auf die Weser schauen und beobachten, wie die Möwen auf den Schaumkronen des Wassers tanzten. Davor war der Schlepper Regina als Denkmal aufgebaut.

Über dem Park und der maritimen Meile lag die dumpfe Stille des Schnees, der alles mit einer fünf Zentimeter hohen Schicht bedeckte.

Er genoss die Ruhe an diesem Sonntagnachmittag und wartete. Er wartete auf Nummer vier, der hier jeden Sonntag zur selben Zeit mit seiner Frau an der Weserpromenade flanierte. Immer mit dabei ein kleiner schwarzer Pudel, namens Alex. Noch einmal den selbstzufriedenen Gesprächen im Vorbeigehen lauschen. Nur er wusste, dass es der letzte Spaziergang an diesem Nachmittag sein würde. Seine Frau würde leiden, leiden wie sein Vater gelitten hatte, all die Jahre. Ein Schmerz über den er bis heute nicht hinweggekommen war, der das Leben der ganzen Familie, sein Leben von Geburt an beeinflusst hatte. Am meisten aber würde der Vater dieses Mannes leiden, wenn er erfahren würde, warum sein Sohn sterben musste. Sobald er erkannt erkennen würde, dass er es war, der für den Tod seines Sohnes verantwortlich war.

*

Als Hanna nach dem Mittagessen zurück in ihr Büro kam, fand sie auf dem Schreibtisch eine Notiz, auf der sie gebeten wurde Herrn Rosenbaum in Hannover zurückzurufen. Sie tat es sofort und hoffte, dass ihm eventuell noch Details zu Thomas Bader eingefallen waren.

Nach dem Gespräch pustete sie erstmal durch. Dann ging sie rüber zu Kai, der gemütlich an seinem Schreibtisch saß und sich einen Espresso genehmigte, während er im Internet die Fotos auf dem Profil von Tim Manns nach dem dritten Opfer durchsuchte. „Also ich habe jetzt alle Fotos genau studiert, aber unser drittes Opfer konnte ich nirgends

erkennen. Ich warte noch auf die Daten der Sparkasse Hamburg. Wenn wir Glück haben, dann ist es der Bankangestellte auf den unsere Opferbeschreibung passt und der heute nicht zur Arbeit erschienen ist."
„Kai, ich habe gerade mit Herrn Rosenbaum telefoniert." „Und was sagt er, hatte er noch neue Informationen?", fragte Kai und nippte an seinem Espresso. „Stell dir vor, es ist heute Nacht bei ihm eingebrochen worden. Und was glaubst du, was der Dieb mitgenommen hat?" Kai richtete sich auf, „das alte jüdische Buch", entfuhr es ihm sofort. „Genau, das Buch und sonst nichts. Es befand sich in einem Safe im Kaminzimmer. Der Safe war voll bis oben mit Geldbündeln und Schmuck gefüllt. Aber der Einbrecher hat nur und ganz gezielt dieses Buch mitgenommen. Damit ist denke ich eindeutig bewiesen, dass es bei den Morden um die jüdischen Kunstschätze und den Schmuck geht." „Du hast Recht Hanna", sagte Kai. Mordopfer zwei und drei hatten den Schmuck oder andere wertvolle Dinge höchstwahrscheinlich dabei. Mordopfer eins

verkaufte das Buch an Elias Rosenbaum und der Mörder ging nach dem Mord leer aus. Das Buch hat er sich nun anderweitig besorgt. Er hat also genau gewusst, dass Elias Rosenbaum das Buch von Andreas Bader gekauft hat. Tim Manns gab die Verkaufsanzeige für den Schmuck auf. Wenn ich richtig liege, dann wurde er über sein Handy kontaktiert und hat sich dann wahrscheinlich mit seinem späteren Mörder im Wald am Schönebecker Schloss getroffen. Die Frage ist, was ist für den Täter so wertvoll an dem Schmuck oder dem Buch und warum sind diese Dinge im Besitz der Opfer, die sich scheinbar alle untereinander kennen? Ich bin gespannt was Peter uns gleich erzählt."

In diesem Moment klopfte es bereits und Peter Borchers öffnete die Tür. Er begann sofort zu reden.

„Also ich habe alle Nummern zuordnen können. Es waren nur zehn Telefonnummern auf der Liste. Eine der Nummern gehörte den

Eltern des Opfers. Ich habe mit dem Vater gesprochen, der bereits über den Tod seines Sohnes informiert war. Er ist sehr alt, sein Name ist Erich Manns. Er konnte mir nicht viel sagen, war aber sehr niedergeschlagen. Mir viel auf, dass er sehr Wortkarg wurde, als ich ihn auf den jüdischen Schmuck ansprach. Einen Thomas Bader kennt er nicht. Eine weitere Nummer gehört zu Thomas Bader, das heißt sie haben erst kürzlich Kontakt zueinander gehabt. Das könnte ein Hinweis darauf sein, dass die Verkäufe zusammenhängen. Beide haben ihren Wohnsitz in Koblenz. Thomas Bader ist geschieden und hat zwei Söhne. Seine Mutter ist vor zehn Jahren verstorben und sein Vater lebt in einem Pflegeheim. Die anderen Nummern gehörten zu Geschäftspartnern aus der Immobilienbranche. Die letzte Nummer auf der Liste gehört einem gewissen Alexander Fellener. Hier wird es jetzt interessant. Ich konnte nirgends etwas über einen Alexander Fellener finden. Der Anbieter der Nummer ist „Green Mobile".

Ich habe dort angerufen und die Adressdaten, sowie das Geburtsdatum von Herrn Fellener bekommen. Demnach wohnt er in Bremen, in der Schwachhauser Heerstraße 134. Unter der Adresse ist dieser Name aber nicht gemeldet. Die Nummer ist übrigens auch nicht zu erreichen, sie existiert laut Bandansage nicht mehr. Ich denke dieser Herr Fellener könnte der Schlüssel zum Mörder oder zumindest der Hinweis auf den Käufer des Schmuckes sein." Peter fiel erleichtert darüber, dass er all sein Wissen losgeworden ist auf den Stuhl neben Kai. „Mensch Peter, super recherchiert." sagte Hanna. Dann wandte sie sich zu Kai, „Wir beide machen uns morgen auf den Weg nach Koblenz Kai. Wir statten der geschiedenen Frau von Thomas Bader und seinen Söhnen einen Besuch ab und versuchen, ob wir auch mit dem Vater sprechen können und wir besuchen Erich Manns." „Erich Manns könnte interessant werden", antwortete Kai.

„Wir werden ihn auf alle Fälle noch einmal auf den Schmuck ansprechen." Bei dem Klang einer eingehenden E-Mail ging Kai zum Laptop und öffnete diesen. Sie war von der Sparkasse in Hamburg. „Bingo", rief er und drehte den Laptop zu Hanna und Peter um. Die Sparkasse hatte die Daten und ein Foto ihres Mitarbeiters geschickt, der heute nicht in der Filiale erschienen war. Es war das Opfer aus dem Wätjenspark. Sein Name war Olaf Boge, verheiratet, drei Kinder. Er wohnte in Hamburg Finkenwerder, in der Wikingstraße. „Das ist deine Aufgabe für Morgen Peter. Du stattest bitte der Frau von Olaf Boge einen Besuch ab. Informiere bitte vorher die Kripo Hamburg, sie möchten Frau Boge über den Tod ihres Mannes informieren."

*

Peter fuhr mit dem Zug nach Hamburg. Die Zeit verbrachte er damit das Internet mit Olaf

Boge zu füttern. Aber außer einem Xing Profil, konnte er nichts über ihn finden.

Eine Stunde nach dem der Zug den Bremer Hauptbahnhof verlassen hatte, fuhr er am Bahnsteig 13 des Hamburger Hauptbahnhof ein. In der Eingangshalle kaufte er sich ein Brötchen und nahm sich dann am Bahnhofsvorplatz ein Taxi, welches ihn direkt in die Wikingstraße fuhr.

Frau Boge wirkte gefasst, als sie Peter in das Esszimmer des Einfamilienhauses führte. Die Namen der ersten beiden Toten sagten ihr nichts. Sie erzählte Peter, dass ihr Mann seit dem Tod seines Vaters vor einem halben Jahr verschlossen gewirkt hat. Er hatte ihr von einem Brief erzählt, den ihr Schwiegervater seinem Sohn hinterlassen hat. Der Brief befand sich in einem Schließfach, in dem sich auch eine Schmuckschatulle befand. Ihr Mann hatte sich entschlossen den Schmuck zu verkaufen. „Haben sie den Schmuck noch im Haus, oder hat ihr Mann bereits alles verkauft?" fragte Peter hoffnungsvoll. „Bis auf eine goldene Kette, hat er alles schon verkauft.", antworte Frau Boge leise. „Darf ich die Kette sehen?" „Einen Moment, ich hole sie ihnen." Frau Boge stand auf und ging zu einem Schreibtisch, der vor einer großen, hohen Bücherwand stand und nahm aus einem kleinen Kästchen eine Kette heraus.

Die Kette war schlicht gearbeitet. Da Peter sich mit Schmuck nicht auskannte, frage er Frau Boge, ob er die Kette mitnehmen dürfe. „Nehmen sie die Kette ruhig mit, sie bedeutet mir nichts.", antwortet sie. Peter zeigte ihr noch den Ausweis, den ihr Mann in der Tasche hatte auf den Namen Aron Ledermann. Aber auch diesen hatte sie noch nie gesehen, auch der Name sagte ihr nichts.

„Gibt es vielleicht irgendeinen Zusammenhang mit der jüdischen Kultur, Namen oder jüdischem Schmuck in ihrer Familie, welches erklären könnte, warum sich ihr Mann einen falschen Ausweis mit einem jüdischen Namen zugelegt hat?" „Nein nicht, dass ich wüsste." „Ist ihnen bekannt, dass ihr Mann ein Tattoo in Form eines Davidsternes hinter dem rechten Ohr hatte?" Ja das kenne ich. Das hat er sich kurz nach dem Tod seines Vaters machen lassen. Wir haben noch lange darüber diskutiert, warum es gerade ein Davidstern sein musste. Aber eine wirkliche Antwort habe ich nie bekommen."

Peter stand auf, bedankte sich und verabschiedete sich von Frau Boge. „Ach Moment, warten sie Herr Borchers." Mein Schwiegervater war im zweiten Weltkrieg in der Partei, in der NSDAP. Er sprach nicht gerne darüber, aber mein Mann hat mir mal erzählt, dass er Aufseher in einem Konzentrationslager war." „Wissen sie in welchem Konzentrationslager ihr Schwiegervater war Frau Boge?" „Ja, er war in Mauthausen."

∗

Kai und Hanna waren an diesem Morgen schon sehr früh aufgebrochen. Die Fahrt nach Koblenz mit dem Auto dauerte knapp fünf Stunden. Sie hatten sich darauf geeinigt, dass Kai die Hinfahrt übernahm und Hanna würde dann am Abend zurückfahren.

Auf der A1 war heute Morgen ein gutes Durchkommen und so kamen sie ohne Stau gegen Mittag in Koblenz an.

Hanna bestaunte die vielen Berge, die sie aus Bremen nicht kannte. Nur die Bergspitzen waren in Koblenz mit Schnee bedeckt, die Straßen waren frei. Es war eine wunderschöne Landschaft. Die Mosel und der Rhein trafen in Koblenz aufeinander, am Deutschen Eck.

Sie fuhren eine Weile am Rhein entlang und bogen dann in eine Straße ein, die zu beiden Seiten mit Prachtbauten gesäumt war. Kai hielt vor Hausnummer 145. „So hier müsste es sein, hier wohnt der Vater von Tim Manns." Am Klingelschild stand in schwarzen Lettern „Erich Manns" geschrieben.

Eine Haushälterin öffnete ihnen die Tür. „Guten Tag. Kommen sie rein, Herr Manns erwartet sie bereits im Salon.", begrüßte sie die beiden mit einem leichten russischen Akzent in ihrer Stimme. Sie führte Hanna und Kai einen langen Gang entlang, der direkt in den mit weißem Flokati Teppich ausgelegten Salon führte. Herr Manns saß in einem Ohrensessel aus rotem Samt, neben ihm ein kleiner Beistelltisch, auf dem eine Flasche Cognac stand. „Setzen sie sich", sagte Erich Manns und zeigte auf das Sofa, welches ihm gegenüberstand. „Danke schön", sagte Hanna und bekundete ihm ihr Beileid zum Tode seines Sohnes. „Was ist passiert, wie ist er gestorben?", er wirkte ruhig und gefasst. Kai erzählte ihm nun, dass sein Sohn in Bremen in einem kleinen Wäldchen erstochen aufgefunden wurde. „Wissen sie, was ihr Sohn in Bremen gemacht hat?" „Nein", erwiderte Erich Manns, „Ich wusste nicht einmal, dass er sich in Bremen aufhielt." Jetzt sprach

Hanna, „Haben sie irgendeine Idee oder Ahnung, warum ihr Sohn einen falschen Ausweis besaß, in dem er den Namen Levin Edelstein benutzte? Hat er irgendeinen Bezug zu jüdischem Schmuck oder anderen jüdischen Kunstschätzen?" Erich Manns Augen verfinsterten sich, „Wie kommen sie auf jüdischen Schmuck?" „Wir gehen davon aus, dass er den Schmuck in Bremen verkaufen wollte und dieses in Zusammenhang mit seinem Tod stehen könnte.", antwortete Kai. Erich Manns Stimme wurde jetzt kalt, fast schon verächtlich, „Nein, ich weiß von nichts und ich will damit auch nichts zu tun haben. Die Juden haben schon immer Unheil über uns gebracht." Hanna warf Kai einen verstohlenen Blick zu und zog die Augenbrauen hoch. „Hinter seinem rechten Ohr hatte er außerdem ein Tattoo in Form eines Davidsternes. Wissen darüber etwas?" „Ein Davidstern, nein das habe ich noch nie gesehen. Das ist ja unglaublich." Hanna setzte jetzt zum Angriff an, denn sie wunderte sich doch sehr über die angedeuteten antisemitischen Aussagen Erich Manns. „Sagen sie Herr Manns, haben sie Probleme mit der jüdischen Kultur, oder habe sie schlechte Erfahrungen gemacht?" Erich Manns erhob sich und zog den rechten Ärmel seines Pullovers hoch. Zum Vorschein kam ein altes, verblichenes „SS Tattoo". „Ich bin Erich Manns, SS-Gruppenführer. Ich war im zweiten Weltkrieg Oberaufseher im Konzentrationslager Mauthausen. Ich weiß wovon ich rede."

Die Rückfahrt nach Bremen verlief schweigend. Hanna und Kai mussten die Informationen, die sie heute in Koblenz bekommen hatten sacken lassen. Hanna konzentrierte sich auf die Straße, auf der zu dieser Zeit ein zäher Verkehr floss. Kai starrte aus dem Fenster, sein Blick verlief ins Leere.

Nach dem verstörenden Gespräch mit dem Vater von Tim Manns fuhren Hanna und Kai direkt zur Wohnung der geschiedenen Frau von Thomas Bader. Auch sie konnte sich keinen Reim daraus machen, warum ihr geschiedener Mann einen gefälschten Ausweis mit einem jüdischen Namen benutzte. Von dem Tattoo wusste sie ebenfalls nichts. Allerdings hatte er ihr erzählt, dass er von seinem Vater vor gut zwei Jahren ein altes Buch bekam, welches dieser angeblich einem Händler abgekauft hatte, der jüdische Kunst sammelte. Ein Gespräch mit dem Vater von Thomas Bader war leider nicht mehr möglich. Er lebt seit einem Jahr in einem Pflegeheim in einer Art Wachkoma. Hanna wollte aber unbedingt wissen, was der Vater von Thomas Bader beruflich gemacht hat, sie hatte da so eine bestimmte Idee im Kopf. Ihr Schiegervater war Polizeibeamter, erzählte ihnen Frau Bader und dann fügte sie noch hinzu, „leider hat er aber eine unschöne Vergangenheit. Im zweiten Weltkrieg war er

Aufseher in einem Konzentrationslager. Ich glaube es war Mauthausen.

Die beiden Söhne des ermordeten Thomas Bader waren ebenfalls zum Gespräch in die Wohnung ihrer Mutter gekommen. Der ältere der Beiden kannte das Buch, sein Vater hatte es ihm gezeigt. Er hatte ihm erzählt, dass es von hohem Wert sei und er es an einem Liebhaber verkaufen wollte, den er in einigen Tagen in Bremen treffen würde. Das war dann wohl Elias Rosenbaum.

„Auffällig ist, dass beide Väter der Ermordeten im zweiten Weltkrieg im selben Konzentrationslager als Aufseher gearbeitet haben. Dazu dann die jüdischen Kunstschätze, die Tattoos, die falschen Ausweise mit jüdischen Namen. Es ist also klar, dass die ganze Geschichte etwas mit dem Holocaust zu tun hat. Ich bin gespannt, was Peter uns von seinem Besuch bei Frau Boge erzählt.", sagte Hanna. „Die ganze Geschichte ist mir noch etwas schleierhaft", antwortete Kai. „Ich bin auch der Meinung, dass es mit den Vätern zu tun hat, die alle im selben Konzentrationslager waren. Der Schmuck und das Buch sind wahrscheinlich unrechtmäßig erworben worden. Ich gehe davon aus, dass sie den Häftlingen im Konzentrationslager abgenommen wurden. somit könnte es sein, dass sich jemand an den Männern rächen wollte. Das wäre die logische Konsequenz aus allem, was wir bisher herausgefunden haben." „Da könntest du recht haben Kai. Warum ermordet er dann aber die Söhne und nicht die Männer, die die Taten begangen haben. Das ist mir noch nicht ganz klar. Oder wir sind auf einer ganz falschen Fährte und es ging wirklich nur um den Schmuck und das Buch und hat mit Rache gar nichts zu tun."

Spät abends kamen Hanna und Kai in Bremen am Revier an. Durch einen Unfall auf der A27 hatte die Rückfahrt doch um einiges länger gedauert als geplant. Ein Lastwagen war auf das Stauende in einen weiteren Lastwagen gefahren. Gott sei Dank waren keine Menschen zu Schaden gekommen, aber durch die Aufräumarbeiten war die Autobahn halbseitig gesperrt und es ging nur sehr langsam voran.

Da zu dieser späten Stunde keiner mehr aus dem Team auf dem Revier war, entschlossen sich die beiden nachhause zu fahren. Vorher fuhren sie noch am „MC Donald Drive In" vorbei. Danach brachte Kai Hanna nachhause. Für heute hatten sie genug abenteuerliche Geschichten gehört und jeder war in seinen eigenen Gedanken vertieft.

10.

Andreas Sassner besaß einen kleinen Laden für Tabakwaren in der Innenstadt von Bremen. Der Laden war seit seiner Gründung 1955 durch seinen Vater Helmut Sassner in

Familienbesitz. Als er das Geschäft nach dem Tod seines Vaters 1995 übernahm, renovierte er es von Grund auf. Es entstand ein moderner Laden, in dem er von da an auch Süßwaren und Zeitschriften verkaufte. Seit den 2000er nahm er noch die ganze Palette „Shisha" mit in sein Sortiment auf.

Bei den Umbauarbeiten, wurde auch eine Wand im inneren des Ladens versetzt. In den Trümmern der Mauer hatte er damals eine winzig kleine Schatulle gefunden, in der sich ein wunderschönes Paar alter Ohrringe befand. Da sich Andreas mit Schmuck nicht auskannte, war er damit zu einem befreundeten Antiquitätenhändler gegangen, der ihm bestätigte, dass die Ohrringe einen ansehnlichen Sammlerwert besaßen und aus dem jüdischen Kulturkreis kamen.

Lange hatten die Ohrringe in seinem Haus in der obersten Schublade einer Kommode gelegen und er hatte sie fast vergessen. Nach dem frühen Tod seiner Frau im letzten Jahr, hatte er die Ohrringe beim Aussortieren der Habseligkeiten seiner Frau entdeckt und beschloss sie endlich zu verkaufen. Es hatte ziemlich lange gedauert, bis er einen Käufer fand, denn die Ohrringe waren schon sehr speziell. Aber er hatte Glück, es fand sich ein Mann, dem genau dieses Paar Ohrringe in seiner Sammlung noch fehlten. Es hatte keine Verhandlungen gegeben, er akzeptierte sofort den relativ hohen Preis, den Andreas ihm nannte und er kam sogar aus Bremen.

Heute Abend wollte er sich mit dem Mann treffen. Der Ort den er vorschlug war zwar etwas ungewöhnlich, aber wohl in der Nähe seines Hauses und irgendwie passte die Geschichte des Ortes auch zu der Geschichte der Ohrringe.

Er war schon lange nicht mehr am Bunker Valentin gewesen. Früher einmal ging er dort regelmäßig mit seiner Frau spazieren. Seine neue Freundin Marlene hatte keinen Sinn für solch eine Art von Gedenkstätten. Geschichtliches, vor allem aus dieser Epoche interessierte sie nicht besonders. Sie liebte es an der Weserpromenade zu flanieren. Sehen und gesehen werden, das war ihr Motto.

*

Als Hanna und Kai am nächsten Morgen auf dem Revier ankamen, saß Peter schon geschäftig in seinem Büro. „Guten Morgen Peter", begrüßten die beiden ihren Kollegen. „Wollen wir uns in einer halben Stunde zum Austausch in meinem Büro treffen?", fragte Hanna. „Ja gerne", antwortete Peter. „Ich habe einige Neuigkeiten aus Hannover für euch". „Wir auch Peter", rief Kai aus seinem Büro. „Dann bis gleich".
Hanna und Kai hatten auf dem Weg zum Revier bei Bäcker Marquardt belegte Brötchen besorgt. Nun kochte Hanna in der kleinen Büroküche Kaffee und deckte den kleinen Tisch ein, der in einer Ecke ihres Büros stand.

Dann telefonierte sie mit Thomas, der den gestrigen Nachmittag damit zugebracht hatte, etwas über den Schmuck herauszufinden, den er und Britta im Keller des Schlosses Burgwacht gefunden hatten. Nachdem Thomas und Britta mit dem Schmuck bei Herrn von Hellbach waren, konnten sie ausschließen, dass er ihm gehörte. Er befand sich also schon im Keller eingemauert, als dieser das Schloss vor zwanzig Jahren kaufte. Die forensischen Untersuchungen der Gesteinsproben der alten Mauer des Kellers im Labor hatten außerdem ergeben, dass diese aus den 1940er Jahren stammten. Damit war auch klar, dass es sich nicht um Schmuck des Vorbesitzers des Schlosses Burgwacht Anton Jäger handelte. Da eindeutig bewiesen war, dass es sich um Schmuck jüdischer Herkunft handelte, gingen sie davon aus, dass er aus dem Besitz von Isaak Friedlander sein musste, dem das Schloss in den 1940ern gehörte. Wahrscheinlich hatte er ihn dort eingemauert, als die Nationalsozialisten an die Macht kamen, um ihn vor den gierigen Händen dieser Menschen zu schützen.

Nachdem Hanna, Kai und Peter ihre Informationen ausgetauscht hatten, war es nicht mehr von der Hand zu weisen, dass die Morde etwas mit den Vätern der Opfer zu tun haben mussten. Die Väter von Thomas Bader, Tim Manns und Olaf Boge hatte allesamt eine nationalsozialistische Vergangenheit. Sie waren alle im Konzentrationslager Mauthausen und haben dort als Aufseher gearbeitet. Die Namen, die die Ermordeten als „Aliasnamen" benutzten waren alles Opfer des Nationalsozialismus und waren alle im Konzentrationslager Mauthausen gestorben. Außerdem hingen die Morde alle mit jüdischem Schmuck oder jüdischer Kunst zusammen.
Nach intensiver Diskussion kamen Hanna, Kai und Peter zu dem Entschluss, dass es sich bei den Morden um Rache handeln musste.

„Ich gehe davon aus, dass die Familie des Mörders in diesem Konzentrationslager ums Leben gekommen ist.", schlussfolgerte Hanna. Entweder hat er die Schmuckankäufe nur benutzt um Kontakt zu seinen Opfern zu bekommen oder…." „Oder es ist sogar Schmuck, der seiner Familie abgenommen wurde.", beendete Peter den Satz.

„Ich denke der Name Andreas Fellener könnte jetzt interessant für uns sein. Der einzige von der Telefonliste des Handys von Tim Manns, den wir nicht identifizieren konnten und der falsche Adressdaten angegeben hat.", sagte Kai. „Anhand der vielen ermordeten Zwangsarbeiter im Konzentrationslager Mauthausen werden wir niemanden finden, den wir mit der Tat in Verbindung bringen können. Es waren einfach zu viele, dass könnte jeder gewesen sein, denn alle hätten sicherlich einen guten Grund sich an diesen Menschen zu rächen.", fügte Kai hinzu. „Vielleicht gibt es eine Liste aller ermordeten Juden aus der Zeit, in der Werner Bader, Erich Manns und Walter Boge dort als Aufseher tätig waren und wir können herausfinden, ob es noch überlebende Nachfahren gibt." sagte Hanna. „Das wäre sicherlich eine gute Möglichkeit", gab Kai zu „aber ich denke nicht, dass genau Buch darüber geführt wurde, wer alles dort sein Leben gelassen hat." „Da hast du Recht Kai", seufzte Hanna, „Aber weißt du was? Ich werde jetzt versuchen herauszufinden, wann genau die drei dort gearbeitet haben. Vor allem wann sie alle gleichzeitig dort gearbeitet haben und dann eine Liste von den Menschen anfordern, die genau in dieser Zeit dort ermordet wurden. Vielleicht habe wir Glück und solch eine Liste existiert noch und ist nicht nach Kriegsende vernichtet worden, zumal die SS auch dafür bekannt war alles fein säuberlich aufzulisten." „Das ist eine gute Idee Hanna.", antwortet Peter. „Ich werde mich dann nochmal intensiv um diesen „Alexander Fellener" kümmern. Falls sich der Mitarbeiter der Telefongesellschaft an den

Mann erinnern kann, könnten wir eventuell ein Phantombild erstellen lassen." „Ok, dann werde ich nochmal alle Fakten, die wir bisher haben zusammenfassen und für unsere nächste Teamsitzung in den Verteiler geben", entgegnete Kai.

Das Wetter war umgeschlagen. Es war feucht und diesig und die Temperaturen hatten leichte Plusgrade erreicht. Trotzdem war es empfindlich kalt und er schlug den Kragen seines Mantels hoch, während er den langen Weg zum Bunker Valentin entlang ging. Die Hände tief in seine Manteltaschen vergraben scannte er die komplette Umgebung ab. Seinen Blicken entging nichts. Die Straße auf der er ging war schmal und gepflastert, zu schmal für zwei Autos. Wenn sich zwei Autos entgegenkommen würden, müsste ein Auto auf den Grünstreifen ausweichen. Zu seiner rechten lag ein Bauernhof. Er konnte in die offenen Stallungen des Hofes schauen und sah Kühe, die dort friedlich aus den mit frischem Heu gefüllten Trogen fraßen. Neben dem Bauernhof waren Wiesen, die zu dieser Jahreszeit brach lagen. Vor dem Hof stand ein Traktor.

Auf der linken Seite erhob sich der Bunker Valentin. Er schaute gegen eine Betonwand die sich steil in den Himmel erhob. Einige Stellen waren mit Moos und Kletterpflanzen bewachsen, sogar ein kleiner Baum ragte aus der Mauer heraus. Vereinzelnd waren die Enden der Stahlträger zu sehen, sowie abgeplatzte Stellen am Beton. Zum Ende des zweiten Weltkrieges wurden hier tausende Zwangsarbeiter aus der ganzen Welt eingesetzt um für die Nationalsozialisten eine hochmoderne U-Boot-Werft zu bauen, viele von ihnen bezahlten mit ihrem Leben.

Er ging weiter zum Parkplatz und die Treppen zum Deich hinauf. Ein Stück weiter befand sich eine Bank, mit Blick auf die Weser. Dort machte er es sich bequem, mit dem Rücken zum Bunker. Es lag eine unheimliche Stille über der Landschaft, er würde also ohne

Probleme hören, wenn er sich ihm näherte. Voller Erwartungen lehnte er sich entspannt zurück.

Andreas Sassner kam gegen Abend mit dem Zug am Vegesacker Bahnhof an und stieg dann in den Bus in Richtung Farge zum Bunker Valentin. Er hatte sein Auto vor einem Jahr verkauft. Sein Tabakladen war gut mit Bus und Bahn zu erreichen. In der City gab es kaum Parkplätze und er konnte alles, was er brauchte mit der Bahn oder mit dem Fahrrad erreichen. Der Bus war um diese Zeit gut gefüllt und er konnte erst einige Haltestellen später einen Sitzplatz für sich ergattern, als die ersten Menschen ihr Ziel erreichten und ausstiegen. Die Fahrt bis zur Haltestelle Rekumer Siel dauerte knapp eine dreiviertel Stunde. Immer wieder hielt der Bus an und ließ Menschen aus - und einsteigen. Die Haltestelle Rekumer Siel war eine der letzten Stationen, bevor der Bus am

Endpunkt in Neuenkirchen Halt machte, einige Minuten pausierte und dann den gleichen Weg wieder zurückfuhr.

Andreas hatte damit zu Kämpfen nicht einzuschlafen. Immer wieder fielen ihm die Augen zu. Es war bereits stockfinster, als er endlich ausstieg und dem Schild „Denkort Bunker Valentin" folgte. Die ersten Meter befand er sich noch auf einer befestigten Straße, an der auch einige Häuser standen. Er befand sich am äußersten Rande von Bremen, in Rekum. Das Sprichwort „hier sagen sich Fuchs und Hase gute Nacht", passte so gut hier her, dass er dachte es sei wahrscheinlich genau für diese Gegend erfunden worden. Der Weg zum anderen Ende des Bunkers, zum Deich war spärlich beleuchtet.
Eine schmale Treppe führte den Deich nach oben. Am Ende angekommen musste Andreas durchatmen, er war untrainiert geworden in den letzten Monaten und hatte auch einige Kilos zugelegt. Er wusste das und nahm sich vor wieder anzufangen ins

Fitnessstudio zu gehen. Plötzlich erhellte sich die Landschaft auf die er blickte. Die Wolken hatten den Mond frei gegeben, der sein Licht dazu nutzte ihm den Weg zu zeigen. Sofort konnte er die Bank sehen, die sich in fünfzig Meter Entfernung unten vor dem Deich abzeichnete. Auf ihr sah er die Silhouette eines Mannes sitzen. „Das musste der Käufer sein", dachte er bei sich. Wer auch sonst würde sich um diese Zeit und bei diesem Wetter hier aufhalten.

Langsam ging er auf die Bank zu. Der Mann bewegte sich nicht. Neben ihm stand ein kleiner Koffer, auf dem er seinen rechten Fuß abgestellt hatte. „Guten Abend", rief Andreas Sassner etwas zögerlich. „Guten Abend. Setzen sie sich! Es ist ein wunderbarer Abend um auf die Weser zu schauen." Andreas kam erleichtert näher und nahm neben dem Fremden Platz. Der Käufer lächelte ihn an. „Haben sie die Ohrringe dabei?", fragte er.

Andreas zog eine kleine Schachtel aus seiner linken Jackentasche und hielt sie dem Mann hin. Dieser griff langsam danach, schaute Andreas in die Augen und ließ das Schmuckschächtelchen langsam aufspringen. Dann blickte er auf die Ohrringe. Ein Schauern ging durch seinen Körper. Wieder blickte er zu Andreas. Seine Augen hatten einen seltsamen Ausdruck, den Andreas noch nie zuvor gesehen hatte. Der Blick des Fremden schwankte hin und her zwischen triumphierend und vernichtend, bis er dann sehr milde wurde und es schien, als hätte er seine Gefühle wieder im Griff. Er öffnete seinen Aktenkoffer und holte einen Umschlag heraus. „Bitte, zählen sie ruhig nach. Es ist genau die Summe, die wir vereinbart haben." Andreas nahm den Umschlag und zählte die innenliegenden Scheine. Dann lächelte er, sagte: „Stimmt genau" und erhob sich zum Gehen. „Bleiben sie doch noch ein wenig. Lassen sie uns auf diesen perfekten Deal anstoßen." Er zog eine Flasche Sekt aus dem Koffer, sowie zwei Gläser und schenkte

Andreas und sich selber ein wenig davon ins Glas. „Ja gerne", Andreas setzte sich wieder auf die Bank. Sie prosteten sich zu. „Auf den gelungenen Deal Herr Sassner", „Auf uns" erwiderte Andreas. Dann trank er das Glas mit einem Zug leer. Er war erleichtert, da die Übergabe reibungslos geklappt hatte und lehnte sich entspannt zurück. Sein Blick glitt über die Weser, die an diesem Abend in sich ruhte. Der Mond, der sich in der Weser spiegelte war plötzlich verschwunden. Eine sich nähernde Wolkendecke verfinsterte den Himmel, sowie sich auch plötzlich seine Gedanken verfinsterten. „Wie haben sie mich gerade genannt?" „Sassner", erwiderte Jakob. „Sie sind doch Andreas Sassner, oder soll ich sie lieber Isaak Friedlander nennen?" „Woher wissen sie wie ich heiße? Ich habe ihnen diesen Namen niemals genannt?" „Was spielt das jetzt noch für eine Rolle?" Andreas starrte ihn an. Die Umrisse des Mannes verschwammen vor seinen Augen. Er wollte antworten, aber aus seiner Kehle kam kein Laut. Ihm wurde heiß, das Atmen fiel ihm schwer. Dann wurde alles schwarz um ihn herum.

Jakob stand auf, verstaute die Ohrringe in seine Jackentasche, warf einen flüchtigen Blick auf den Mann, der zusammengesunken auf der Bank saß und ging hinunter an die Weser. Er genoss die Stille um sich herum, eine Stille die auch ihn erfasste. Eine halbe Stunde stand er am Wasser, bewegte sich nicht, hatte die Augen geschlossen. Seine rechte Hand umklammerte die kleine Schmuckschatulle in seiner Jackentasche, als wolle er sie nie wieder loslassen. Dann besann er sich und ging zurück zur Bank, um sein Werk zu beenden.

11.

Spät am Abend verließen Hanna, Kai und Peter das Revier. Die Teamsitzung hatte einiges an Neuigkeiten gebracht. Hanna hatte herausgefunden, dass Werner Bader, Erich Manns und Walter Boge, die Väter der Ermordeten nur einen kurzen Zeitraum gleichzeitig in Mauthausen waren. Sie kamen zusammen im Januar 1944 dort an. Es war wohl nur so eine Art Zwischenstation, denn Ende Februar 1944 wurden sie dann nach Auschwitz abkommandiert. Hanna ging davon aus, dass sich die drei Männer wahrscheinlich schon vorher kannten. Sie kamen zusammen und sie gingen zusammen. Vielleicht durchliefen sie so eine Art „Ausbildung". Mit ihnen zusammen kam noch ein vierter SS-Mann, namens Helmut Sassner. Auch er ging Ende Februar 1944, aber in ein anderes Konzentrationslager wie die übrigen drei. Hanna entdeckte

Informationen über Helmut Sassner im Internet. Ihm war eine Zeile in Wikipedia gewidmet, da er im weiteren Verlauf des Krieges noch zu einigem traurigen Ruhm gelangte. Sie fand auch heraus, dass er sich nach Kriegsende in Bremen niedergelassen hatte und im Steintor einen kleinen Tabakladen eröffnet hatte, den nach seinem Tod sein Sohn Andreas Sassner übernahm. Er befand sich immer noch in seinem Besitz. Leider konnte sie ihn am Abend nicht mehr erreichen. Hanna hatte Beamte abgestellt, um vor der Wohnung von Andreas Sassner zu warten. Nach Rücksprache mit Kai und Hartmut Wunder waren sie zu dem Entschluss gekommen, dass er in ernsthafter Gefahr war, der Nächste auf der Liste des Serienmörders zu sein.

Eine Liste der ermordeten oder gestorbenen Häftlinge aus dieser Zeit gab es nicht mehr. Der Leiter der Gedenkstätte Mauthausen erzählte ihr, dass die Nationalsozialisten tatsächlich akribisch Buch geführt hatten über alle Häftlinge im Konzentrationslager. Aber als die Alliierten auf dem Vormarsch waren, wurde so gut wie alles vernichtet.

Kai hatte den Verkäufer des Telefonladens vorgeladen, der sich noch gut an den Mann namens Alexander Fellener erinnern konnte. Er war an diesem Tag sein letzter Kunde im Handyladen gewesen und im Laufe der Unterhaltung hatte sich herausgestellt, dass sie beide dem Angeln verfallen waren. Es entwickelte sich ein abendfüllendes Expertengespräch über die besten Gebiete um Karpfen zu angeln.

Der Phantombildzeichner, der extra aus der Hauptwache nach Lesum gekommen war, konnte mit seiner Hilfe ein ziemlich genaues Phantombild erstellen.

Alle waren zufrieden mit den neuesten Entwicklungen im Fall. Sie hatten das Gefühl, dass es jetzt in großen Schritten voran ging. Sie mussten jetzt unbedingt mit Andreas

Sassner sprechen und schnell herausfinden wer Alexander Fellener wirklich war und vor allem wo er war.

Als Hanna an diesem Abend nachhause kam war sie sehr müde und ihr Kopf schmerzte vom langen Sitzen am Computer. So war sie froh, dass Till schon mit einem guten Essen auf sie wartete. Sie erzählte Till noch von den guten Fortschritten, die sie heute im aktuellen Fall gemacht hatten, dann fiel sie todmüde ins Bett und schlief sofort ein.

Auch Kai war erschöpft von den letzten Tagen. Der Fall entwickelte sich rasant und wurde immer komplexer. Ein Fall von solchem Ausmaß hatte er in seiner Karriere noch nicht erlebt und für Bremen gehörte ein Serienmörder auch nicht unbedingt zum Standard.

Herbert Nauendorf rief alle seine „Schäfchen" zu sich her. So nannte er die Teilnehmer seiner Bunkerführungen, die er schon seit Jahren durchführte. „Kommt bitte alle zu mir, wir wollen mit der Führung beginnen!" rief er den Leuten zu, die sich auf dem Vorplatz des Bunkers Valentin weitläufig verteilt hatten. Herbert machte diese Führungen schon seit Jahren. Er hatte sein Leben lang als Reiseführer gearbeitet. Noch in seiner Abiturzeit hatte er in Spanien und Italien während seines Urlaubs die Reisenden durch die Sehenswürdigkeiten des Landes geführt. Später dann war er bei „Touristik Bremen" angestellt und hatte bis zu seiner Rente viele Interessierte durch die City geführt. Vor zehn Jahren setzte er sich zur Ruhe und übernahm in seiner Freizeit gelegentlich Führungen am Denkort Bunker Valentin.

Es hatte sich eine kleine Reisegruppe aus Berlin am Bunker eingefunden. Sie bestand ausschließlich aus Paaren mittleren Alters. Die Paare kannten sich alle gut, denn sie waren der Kegelclub „goldene Kugel".

„Kommt Mädels, kommt Jungs", rief Elfriede Henning die Vorsitzende des Clubs ihren Mitstreitern zu. Unter lautem Stimmengewirr versammelte sich der gesamte Club am Mahnmal, kamen dann aber schnell zur Ruhe, als Herbert Nauendorf begann zu erzählen.

„Dieses Mahnmal", begann er „heißt Vernichtung durch Arbeit. Es soll das Leiden und Sterben der Häftlinge, die schwere Zwangsarbeit am Bunker verrichten mussten, darstellen." Die Stimmen verstummten abrupt, beim Anblick des Mahnmales. Es war eine Art steinerne Säule, die auf dem unteren Drittel aufgebrochen war und aus der Köpfe und Arme, gemeißelt aus Stein herausschauten, so als wollten diese aus der Säule klettern. Es war sehr bedrückend und brachte das Leider der Menschen, die hier am Bunker gearbeitet hatten und gestorben waren sehr gut zum Ausdruck.
Weiter ging es der Länge nach am Bunker in Richtung der Weser. Man konnte auf diesem Weg den kompletten Bunker umrunden.

Herbert blieb immer wieder stehen und erzählte aus der Geschichte des Bunkers.

„Der Bunker ist die Ruine einer U-Boot-Werft aus dem zweiten Weltkrieg. Es wurden hier in den Jahren 1943 bis 1945 tausende Zwangsarbeiter aus ganz Europa hergebracht, die dann hier beim Aufbau des Bunkers helfen mussten", erzählte er der Reisegruppe. „Mehr als 1600 Menschen starben in dieser Zeit. Die Mauer und die Decke des Bunkers sind bis zu sieben Meter dicke", sprach er weiter. „Sie sollten jeden Bombenangriff standhalten."

Die Gruppe bewegte sich weiter um den Bunker herum und konnte von dieser Seite ins Innere des Bunkers schauen. Eine Öffnung zur Weserseite, die Ausfahrt vom Bunker in die Weser. „Der Bunker ist vierhundertneuzehn Meter lang, an der Ostseite siebundsechzig Meter breit und an der Westseite siebenundneunzig Meter breit", referierte Herbert Nauendorf weiter.

„Wir gehen jetzt komplett um den Bunker herum und werden dann den Bunker von Innen besichtigen".

Der ganze Trupp begab sich nun auf den Rundgang an der Hinterseite des Bunkers zurück in Richtung Eingang. Wieder kamen sie am Mahnmal „Vernichtung durch Arbeit" vorbei und gingen dann zum Eingang des Bunkers. Überall auf den Wegen waren kleine Schildchen aufgestellt, auf denen man etwas über die Geschichte des Bunkers lesen konnte. Ehrfürchtig betrat die Gruppe den Bunker. Sie befanden sich nun in einer riesigen Halle. Vorsichtig gingen sie weiter nach Hinten durch. Hier kamen sie in einen Raum, in dem man kleine Filmchen zum Bunker schauen konnte. Normalerweise arbeiteten an der Info Mitarbeiter, aber heute war Herbert Nauendorf mit seiner Reisegruppe alleine. Der Bunker war am heutigen Tage für den Publikumsverkehr geschlossen.

Einige aus der Gruppe gingen auf die Toilette, andere wiederum schauten sich ein wenig um, lasen die Schautafeln oder folgten den Filmen. Nach zehn Minuten rief Herbert die Gruppe zu sich her. „Wir gehen jetzt hier rechts in eine ganz besondere Halle. In dieser Halle hat eine britische „Grand Slam" die Betondecke des Bunkers durchschlagen. An der Decke kann man den Durchschlag noch genau sehen und auch die Trümmerteile sind noch zu sehen. Alles ist genauso erhalten, wie es damals passiert ist.

Herbert Nauendorf drehte sich um und ging durch einen schmalen Gang in eine weitere große Halle. Man konnte nur einen kleinen Weg am Rande der Halle entlanglaufen, der Rest war abgesperrt, damit man diese Area nicht betreten konnte. Herbert drehte sich zu seiner Gruppe um, er zeigte an die Decke, „hier oben können sie noch den original Durchschlag der britischen Bombe sehen. Es war eine der beiden britischen Bomben, die den Bunker damals getroffen haben. Die Trümmerteile vom Durchschlag liegen hier alle noch so, wie sie damals gefallen sind. Schauen sie sich in Ruhe um".

Die Gruppe trat nun an die Absperrung um die Szenerie genauer in Augenschein zu nehmen. Herbert ging nach hinten und holte sein Handy heraus. Er wollte die Zeit nutzten und schauen, ob eine Nachricht seiner Frau angekommen ist. Sie wollte ihm schreiben, wo sie sich nach der Führung zum Essen treffen wollten.

Plötzlich gab es Unruhe in der Gruppe. Herbert schaute auf und ging wieder zurück. Elfriede Henning kam ihm schon empört entgegen. „Herr Nauendorf, bei aller Liebe zum Detail. Aber ein Opfer dieses Bombenanschlages in dieses Trümmerfeld zu drapieren, nur um alles noch realistischer zu gestalten, finde ich mehr als geschmacklos." Sie schnaubte empört und zeigte auf den Körper eines Mannes, der genau unter dem Einschlag zwischen den Trümmern auf einer

Steinplatte wie aufgebahrt lag. Herbert bahnte sich einen Weg durch die murmelnde Gruppe und trat an die Absperrung. Ein Laut des entsetzen entfuhr seiner Kehle. Er dreht sich um und schaute mit weit aufgerissenen Augen zu Elfriede Henning und dann zur Gruppe. „Das ist keine Puppe. Dort liegt ein toter Mann!"

Hanna, Kai und Peter, Uwe Maschen der Rechtsmediziner, sowie die gesamte KTU trafen nur eine halbe Stunde später am Bunker Valentin ein. Komplementiert wurde das Team durch zwei Psychologen, die sich um die Berliner Kegeltruppe kümmerten.
Auf einem Stein etwas Abseits saß Herbert Nauendorf, den Kopf immer wieder schüttelnd nach unten gesenkt. Er sah dermaßen verloren aus, dass Hanna Kai abwinkte, der sich schon auf den Weg Richtung Bunkereingang machte und zu ihm ging.

„Guten Tag, ich bin Hanna Wolf von der Kripo Bremen. Darf ich fragen wer sie sind?" Herbert schaute hoch, sein Gesicht war bleich und seine Augen blickten glasig. „Ich bin Herbert Nauendorf." „Guten Tag Herr Nauendorf, haben sie den Toten gefunden?" „Nein, nicht direkt, also ich war dabei. Ich habe die Gruppe durch den Bunker geführt." Er fiel wieder in sich zusammen. „Ich habe so etwas noch nie erlebt, ich weiß nicht was ich sagen soll. Meine Frau wartet in Restaurant auf mich. Ich weiß nicht….". Hanna winkte eine der Psychologinnen zu sich her. Eine Befragung war ihrer Meinung nach im Moment nicht sinnvoll.

Ellen, kannst du dich bitte um Herrn Nauendorf kümmern?" Die Psychologin setzte sich neben Herbert Nauendorf auf den Stein und begann leise mit ihm zu Reden.

Ellen Perkins war gebürtige Engländerin, aber schon seit zwanzig Jahren in Bremen. Sie war nach dem Schulabschluss nach Deutschland gekommen, um hier an der Bremer Universität Psychologie zu studieren. Sie war von kleiner Statur, schlank, hatte eine braune, strubbelige Kurzhaarfrisur und war sehr erfahren im Team der Bremer Kripo.

Hanna sah, dass Herbert Nauendorf nun in guten Händen war und folgte Kai in den Bunker. Alles war bereits weitläufig abgesperrt. Es gab kaum Schaulustige, nur einige Spaziergänger mit Hunden, die auf dem Weg zum Deich waren, der ein beliebter Treffpunkt war, an dem man die Hunde gut freilaufen lassen konnte. Sie wurden von den Beamten gestoppt und mussten ihren Spaziergang heute in die andere Richtung fortführen. Einige blieben einen Moment stehen, um zu schauen was hier vor sich ging, andere machten sofort kehrt und gingen zurück.

Hanna ging direkt in die große Halle, in der die Reisegruppe vor einer knappen Stunde den Toten gefunden hatte. Britta und Thomas waren in ihrem Element. Die ganze Truppe der KTU bekam Anweisungen die vielen Spuren zu sichern. Auf dem Weg, wo die Touristen sich für gewöhnlich aufhielten gab es sehr viele Fußspuren. Es war nahezu unmöglich alle Spuren präzise zu dokumentieren. In dem Gebiet aber, wo der Tote sich befand sah es anders aus, da sich hier niemand aufhalten durfte. Hanna bückte sich unter die Absperrung durch und ging zu Kai, der mit Thomas vor der Leiche stand.

„Hallo Jungs, habt ihr schon etwas?" Sie ging nah an den Toten heran, der etwas erhöht auf einer Steinplatte lag, aufgebahrt wie in einem Beerdigungsinstitut. Die Hände waren auf dem Bauch gefaltet und sie hielten etwas fest. „Kann ich schon?", fragte sie Uwe, während sie sich Handschuhe überstreifte und zeigte auf die Hände des Toten. „Ja, ich habe alle Spuren soweit gesichert, ihr könnt jetzt ran.", antwortete Uwe.

Hanna zog am braunen Lederetui, welches sich leicht aus den Händen lösen ließ und öffnete es vorsichtig. „Ach sieh mal einer an", sie zeigte das geöffnete Etui den beiden Männern. „Das habe ich mir schon fast gedacht." Kai schaute Hanna vielsagend an. „Isaak Friedlander aus Bremen. Ich bin mir auch schon ziemlich sicher, wie der echte Name des Toten ist." „Du meinst das könnte Andreas Sassner sein?", fragte Hanna. „Ich bin mir sogar hundertprozentig sicher, nachdem wir seit gestern Abend vor seiner Wohnung auf ihn warten und er immer noch nicht aufgetaucht ist. Und der Name Issak Friedlander, sagt der dir gar nichts?", er schaute Hanna fragend an. „Du hast Recht, so hieß der erste Besitzer von Schloss Burgwacht. Da hieß das Schlösschen noch Schloss Friedlander, soweit ich mich erinnern kann. Es wurde im zweiten Weltkrieg von den Nationalsozialisten enteignet." „Genau", Kai schaute wissend in die Runde. „Und im Schloss haben wir den ersten Toten gefunden, damit schließt sich der Kreis. „Hier habe ich seinen echten Ausweis gefunden, in der linken

Innentasche seines Jacketts", Uwe hielt einen Personalausweis hoch. „Ihr hattet Recht, sein Name ist Andreas Sassner". „Dann waren wir nur einen Tag zu spät", sagte Hanna resigniert. „Er hätte noch leben können, wenn wir nur ein wenig schneller ermittelt hätten." „Wir haben alles getan was möglich war.", erwiderte Kai. „Wir müssen jetzt alles daran setzten Andreas Fellener zu finden. Ich denke er wird der Schlüssel zu den vier Morden sein. Was auch immer seine Motivation war, aber es muss irgendetwas mit dem Konzentrationslager Mauthausen zu tun haben." „Hier sind Schleifspuren.", rief Britta vom hinteren Teil der Halle. „Der Mann ist so wie es aussieht nicht hier ermordet worden, sondern wurde hierhergebracht. Die Schleifspuren führen übrigens bis zum Eingang des Bunkers. Das heißt er ist außerhalb des Bunkers ermordet worden und dann in diese Halle gebracht worden. Die Fußspuren neben der Schleifspur sind ziemlich sicher identisch mit den Fußspuren an den anderen drei Tatorten."

Hanna und Kai folgten der Spur bis zum Eingang des Bunkers. Hier endeten sie abrupt. „Wie hat er den Toten bis zum Eingang transportiert oder hat er ihn genau hier ermordetet?", Hanna wirkte nachdenklich. „Hier drüben Hanna, schau mal", Kai zeigte auf zwei Reifenspuren. „Das sieht aus wie die Reifenabdrücke einer Sackkarre. Komm wir sehen uns an, wo die Spuren herkommen."
Sie hatten Glück, dass es seit gestern Nacht nicht geschneit hatte, so konnten sie die Spuren der Karre bis zum Parkplatz vor dem Deich verfolgen. Am Parkplatz endeten die Reifenspuren und gingen wieder in eine Schleifspur über, die den Deich hoch führte, dann wieder runter bis zu einer Bank. „Schau dir das an", Hanna zeigte zu der Bank, auf der zwei leere Sektgläser standen. Sie ging näher an die Bank und verinnerlichte sich die komplette Szene. Neben der Bank stand ein Mülleimer. Hanna schaute hinein und zog eine leere Flasche Sekt heraus. „Champagne

de la Rivière Bleue", las sie Kai vor. „Hier wurde anscheinend etwas gefeiert". „Sieht ganz so aus", entgegnete Kai. „Ich rufe die KTU", Kai nahm sein Handy und wählte Thomas' Nummer. „Hallo Thomas, wenn ihr soweit fertig seid im Bunker, dann kommt bitte zum Deich hinter dem Bunker. Wir haben hier etwas Interessantes gefunden."

Thomas und Britta rückten zehn Minuten später mit ihrem Team an. „Ist Uwe noch vor Ort?", fragte Kai Britta. „Ja er untersucht den Toten. Aber er war fast fertig. Sie bringen ihn gleich in die Pathologie." „Ok, dann gehen Hanna und ich zurück zum Bunker. Bis später auf dem Revier."
Als die beiden am Bunker ankamen, war Uwe schon damit beschäftigt seine Utensilien einzupacken. Der Leichenwagen verließ gerade das Gelände.
„Über die Todesursache kann ich euch leider noch nichts sagen. Äußerlich gibt es keinerlei Hinweise darauf, woran er gestorben ist. Ich kann euch lediglich sagen, dass der Tod

zwischen fünf und acht Uhr gestern Abend eingetreten ist. Die weiteren Untersuchungen werde ich gleich im Labor vornehmen. Ich denke gegen Abend werde ich schon einige Ergebnisse haben. Was habt ihr am Deich gefunden", er schaute erwartungsvoll zu Hanna und Kai. „Wir haben die Schleifspuren bis hinter dem Deich zu einer Bank verfolgen können", sagte Hanna. „Es scheint so, als hätte dort eine kleine Feier stattgefunden, wie zu einem gelungenen Geschäftsabschluss. Wir haben dort zwei leere Sektgläser und eine Flasche Sekt in einem Müllbehälter neben der Bank gefunden. „Das klingt interessant", Uwe wurde nachdenklich. „Vielleicht ist der Mann vergiftet worden. Ich werde das Blut auf alle gängigen Gifte untersuchen." „Das könnte möglich sein.", pflichtete Kai ihm bei. Zumal die ersten drei Opfer alle auf unterschiedliche Weise ums Leben gekommen sind. Gift war bisher nicht dabei. Komm Hanna, wir fahren aufs Revier. Wir müssen alles daran setzten herauszufinden wer „Alexander Fellener" wirklich ist, bevor der nächste Mord geschieht."

Vor der Absperrung warteten schon einige Journalisten geduldig auf Neuigkeiten aus erster Hand.
„Können Sie uns schon etwas zu dem Toten sagen, wie ist er umgekommen, hängen die vier Morde der letzten zwei Wochen alle zusammen", der Reporter des „Weser Kurier" war kaum zu bremsen. Hanna übernahm den Austausch mit den Journalisten. Sie blieb stehts ruhig, besonnen und empathisch im Umgang mit der Presse.
„Ja, in der Tat gehen wir davon aus, dass alle vier Morde im Zusammenhang stehen. Wir wissen auch wer der vierte Tote ist, werden aber aus Rücksicht auf die Familie den Namen jetzt nicht bekanntgeben." „Wie ist der vierte Mann ums Leben gekommen?", fragte die Journalistin der „BLV-Wochenzeitung" weiter. „Das können wir zum jetzigen Zeitpunkt noch nicht sagen, dazu sind weitere

Untersuchungen notwendig.", antwortete Hanna ruhig. „Es wird heute noch eine Pressekonferenz mit allen Neuigkeiten stattfinden. Die Uhrzeit werden wir Ihnen in Kürze bekanntgeben." Damit beendete Hanna das Gespräch mit der Presse und ging mit Kai zum Auto. „Das hast du wieder sehr souverän gemacht Hanna. Und jetzt schnell aufs Revier. Wir sollten schnellstens das Phantombild veröffentlichen. Ich denke, das ist unsere einzige Change Alexander Fellener zu finden."

12.

Jakob saß auf einer Bank auf dem Weserdeich. Er war schon früh am Morgen in Richtung eines kleinen Campingplatzes am Weserufer gewandert und hatte es sich mit einer Thermoskanne, gefüllt mit dampfend heißem Kaffee und einem Brötchen dort gemütlich gemacht. Er hatte sich so platziert, dass er das komplette Areal des Bunkers gut überblicken konnte. Schon früh war die Reisegruppe aus Berlin am Bunker eingetroffen. Er hatte sich vorher genaustens informiert und diesen Tag gewählt für sein Vorhaben um sicher zu gehen, dass man Andreas Sassner alias „Isaak Friedlander" zügig finden würde. Es dauerte keine halbe Stunde, da sah er wie die Gruppe förmlich fliehend den Bunker verließ und aufgeregt auf dem Platz davor hin und her lief. Nach einer weiteren halben Stunde trafen die ersten Streifenwagen am Bunker ein und sperrten das Gebiet weitläufig ab. Es herrschte ein reges Treiben am Eingang des Bunkers. Die Polizeibeamten liefen geschäftig hin und her, suchten alles ab, nahmen Proben und machten Fotos. Jakob genoss das Schauspiel, das letzte von ihm inszenierte große Schauspiel.

Das ganze Szenario dauerte gut zwei Stunden, dann war der Spuk vorbei. Als auch die letzten Beamten in ihren Autos davonfuhren, machte auch Jakob sich auf den Heimweg. Er ging zu Fuß, er hatte es nicht weit. Schon nach ein paar Minuten Fußweg auf der Rekumer Straße bog er in den Pötjerweg ein und schloss die Tür zu seinem Haus auf. Dann ging er in die Küche und bereitete sich etwas zu Essen zu.

*

Im Auto erhielten Hanna und Kai einen Anruf von Peter, der schon ins Büro vorgefahren war. Die Beamten, die bereits mit einem richterlichen Beschluss im Haus von Andreas Sassner waren, um es nach Hinweisen zu durchsuchen, hatten sich gemeldet. Gegen Mittag war die Freundin von Andreas Sassner im Haus aufgetaucht. Sie war für zwei Tage auf einer Fortbildung in Frankfurt gewesen und ziemlich überrascht darüber, dass es in ihrem Haus von Polizei nur so wimmelte. Der leitende Beamte hatte sie nur grob aufgeklärt, eine Psychologin war bereits unterwegs. Hanna und Kai, die schon auf der A270 an der Abfahrt Bremen-Lesum waren, fuhren sofort auf der Gegenseite wieder auf die Stadtautobahn auf und machten sich auf den Weg zum Haus von Andreas Sassner.

Nur fünf Minuten später kamen sie am Haus von Andreas Sassner und seiner Lebensgefährtin an. Es war ein sehr gepflegtes Anwesen im Stadtteil Grohn, der sich in Bremer Norden befand.
Hier wohnte ein Gartenliebhaber, das konnte man auf Anhieb erkennen. Der Weg, der vorne an der Gartenpforte begann, war aus kleinen Felssteinen gelegt und schlängelte sich durch den gesamten Vorgarten, bis er auf den letzten zwei Metern gerade bis zur Haustür führte und dort in eine Stufe überging. Zu beiden Seiten des Weges waren liebevoll kleine Buchsbäume gepflanzt, die ebenfalls dem geschlängelten Weg bis zur Eingangstür

folgten. Der Vorgarten bestand klassisch aus Rasen und wurde lediglich unterbrochen durch kleine Büsche, die ebenfalls von kleinen Felssteinen umrandet waren. Am Übergang zum hinteren Grundstück stand ein Rosenbogen, der zu dieser Jahreszeit von knorrigen Ästen bewachsen war, die im Sommer sicherlich schöne Blüten tragen würden.

Hanna und Kai gingen zur Eingangstür und klingelten. Auf einem Schild, welches an der Tür angebracht war stand in weißgeschnörkelten Buchstaben:

Andreas Sassner und Marlene Graue.

Ein Beamter der Bereitschaftspolizei des Reviers Lesum öffnete ihnen die Tür. „Hallo Alex", begrüßten Hanna und Kai den Beamten. „Wie ist die Lage?" „Hallo, alles ruhig soweit. Die Lebensgefährtin von Herrn

Sassner, Marlene Graue sitzt mit der Psychologin im Wohnzimmer. Sie hat sich einigermaßen beruhigt." „Ok, dann gehen wir mal zu ihr. Wo geht es lang?", fragte Hanna. „Hier gerade durch den Flur und dann rechts durch die Tür."

Hanna und Kai gingen durch den Flur. Von den Wänden lächelte ihnen Andreas Sassner entgegen, immer in enger Umarmung mit einer hübschen Blondine. Mal auf einem Boot im Meer, mal vor einem Bergpanorama. Hanna und Kai schauten sich an, atmeten einmal tief durch und betraten das Wohnzimmer, um mit Marlene Graue zu sprechen. Das erste Gespräch mit den Angehörigen war nie leicht. Auch nach vielen Jahren bei der Kripo im Morddezernat war es für Hanna und Kai nicht zur Routine geworden und das war auch gut so. Hanna sagte immer, wenn es sie nicht mehr berühren würde, wenn Menschen ermordet werden und der Kontakt mit den Angehörigen zur Routine werden würde, dann würde es Zeit für sie werden die Abteilung zu wechseln.

Nichts wäre gefährlicher wie ein Polizist, der mit abgestumpften Gefühlen seine Arbeit verrichtet.

Auf dem Sofa vor dem Fenster saß zusammengekauert eine Frau. Ihr gegenüber saß Henriette Weiser, eine der beiden Psychologinnen, die für diesen Fall abgestellt war. Als sie Hanna und Kai sah, stand sie auf und kam zu ihnen rüber. „Ihr könnt jetzt mit ihr sprechen. Sie ist sehr gefasst und ist bereit eure Fragen zu beantworten." „Danke Henriette", Hanna nickte der Psychologin zu, ging langsam zu Marlene Graue und setzte sich ihr gegenüber auf den Stuhl, auf dem eben noch Henriette Weiser gesessen hatte.
„Frau Graue, ich bin Hauptkommissarin Hanna Wolf. Darf ich ihnen einige Fragen stellen?" Marlene Graue schaute Hanna an und nickte. „Ja", antwortete sie mit einem schwachen Lächeln. „Erstmal möchte ich ihnen mein herzliches Beileid aussprechen."

„Ich danke ihnen Frau Wolf." Dann rückte sich Hanna den Stuhl zurecht, so dass sie Marlene Graue direkt anschauen konnte. „Wissen sie mit wem sich ihr Lebensgefährte gestern Abend am Bunker Valentin treffen wollte und warum?" „Ja, er hatte ein altes Paar Ohrringe, das er verkaufen wollte. Vor einiger Zeit wurde der Tabakladen, den er von seinem verstorbenen Vater übernommen hatte umgebaut. Dabei wurde in einer Wand eine kleine Schatulle mit Ohrringen gefunden. Ich glaube sie waren einiges Wert. Er hat mir erzählt, dass es Ohrringe aus der jüdischen Kultur seien und er davon ausgehe, dass ein Sammler ein hübsches Sümmchen dafür bezahlen würde." Hanna blickte Kai vielsagend an. Dieser kam jetzt näher. „Wissen sie wo er sie zum Verkauf angeboten hat?", fragte Kai. „Ja es war eine Plattform im Internet. Ich glaube es werden dort nur jüdischer Schmuck, sowie jüdische Kunstwerke, wie Bilder und Bücher angeboten." Sie seufzte und begann jetzt leicht zu weinen. „Ich wusste von Anfang an, dass es ein Fehler war. Er wusste doch gar nicht wo dieser Schmuck her war, wem er gehörte. Ich habe ihm immer wieder gesagt, dass er vorsichtig sein soll. Gerade jüdischer Schmuck, das kann gefährlich sein. Wissen sie", sie stand jetzt auf und begann hin und her zu laufen. „Der Vater von Andreas hatte leider eine schlechte Vergangenheit. Er war Mitglied bei den Nationalsozialisten und hat im Krieg als Aufseher in einem Konzentrationslager gearbeitet. Ich habe ihn nie leiden können. Der Tabakladen gehörte ihm, er hat ihn nach dem Krieg gekauft und dann diese Ohrringe in der Wand eingemauert, da waren wir uns sicher. Er hätte die Ohrringe an die jüdische Gemeinde zurückgeben sollen. Sie gehörten ihm nicht. Ich bin mir sicher, dass Helmut die Ohrringe einem jüdischen Häftling abgenommen hat, gestohlen hatte. Nun wollte Andreas auch noch ein Profit aus dem Leiden der Menschen herausholen. Aber alles was ich sagte wollte er nicht hören." Sie setzte sich wieder zu Hanna. Hanna schaute sie jetzt direkt an, „wissen sie zufällig, wie derjenige hieß, der sich auf die Anzeige im Online Portal gemeldet hat?" „Ja, er hat mir den Namen genannt. Wie hieß er noch gleich. Moment mal eben." Marlene Graue stand auf und ging hinüber durch die Tür in den angrenzenden Raum. Hanna und Kai schauten sich vielversprechend an.

Dann kam sie wieder und hatte einen kleinen Notizblock in ihrer Hand. „Hier, er hat den Namen auf einem Notizblock notiert." Hanna nahm den Block, las den Namen und hielt ihn Kai hin. „Alexander Fellener", las Kai laut vor. „Danke Frau Graue, sie haben uns sehr geholfen", Kai gab ihr den Notizblock zurück. „Wir würden gerne den Laptop ihres Lebensgefährten mitnehmen und uns in seinem Büro ein wenig nach brauchbaren Spuren umschauen." „Nehmen sie was sie brauchen, hoffentlich sie finden den Mörder von Andreas schnell."

Im Revier lief alles auf Hochtouren. Gegen Abend sollte die angekündigte Pressekonferenz stattfinden und man wollte das Phantombild präsentieren. Bis jetzt gab es keine neuen Erkenntnisse darüber, wer Alexander Fellener wirklich war. Fakt war nur, dass dieser Mann nicht existierte, zumindest nicht unter diesen Namen.

Peter erhielt sofort nach Ankunft von Hanna und Kai im Revier den Laptop von Andreas Sassner. Schon nach zehn Minuten hatte er das Passwort geknackt und konnte auf die Daten zugreifen. Der gesamte Suchverlauf im Internet war erhalten geblieben und so konnte er schnell die Online Plattform finden, auf der Andreas Sassner die Ohrringe zum Verkauf angeboten hatte. Er war sogar sofort in Sassners Account eingeloggt und konnte alle Aktivitäten, der letzten Tagen nachvollziehen. Die Ohrringe waren die einzige Ware, die er hier angeboten hatte. Der Tag, an dem der

Account erstellt worden war, war auch der Tag an dem er die Ohrringe zum Verkauf eingestellt hatte. Im Postfach befand sich noch eine ungelesene Nachricht. Sie war von heute früh um sechs Uhr, da war Andreas Sassner schon tot. Peter öffnete die Nachricht und las: Vielen Dank für die unkomplizierte Abwicklung unseres kleinen Handels. Gruß Jakob.

Andreas lächelte in sich hinein und ging hinüber ins Büro von Kai, in dem sich dieser gerade mit Hanna beriet.

„Leute, ich glaube wir haben den ersten Hinweis auf die wahre Identität unseres Mörders. Ich habe auf dem Account der Online Verkaufsplattform eine noch ungeöffnete Nachricht gefunden, die mit hoher Wahrscheinlichkeit vom Mörder stammt." „Was steht in der Nachricht?", fragte Hanna sogleich. „Er bedankt sich für das gute Geschäft und jetzt kommt es. Er hat unterschrieben mit „Gruß Jakob". „Das ist interessant", Kai lächelte. „Es sieht so aus als hätte er seinen ersten Fehler begangen. Da hat unser Alexander Fellener wohl ausversehen mit seinem echten Namen unterschrieben. Zu schade, dass er nicht seinen vollständigen Namen genannt hat". Hanna lachte auf, „Das wäre aber auch zu schön gewesen. Wir haben also einen Vornamen und ein Phantombild. Mal schauen was wir auf der Pressekonferenz und mit der Veröffentlichung des Phantombildes damit erreichen können."

In diesem Moment kam Hartmut Wunder ins Büro. Er hatte einen dampfende Tasse Kaffee in der Hand und kaute an einem Croissant.
„Wie sieht es aus, habt ihr soweit alles für die Pressekonferenz vorbereitet?", fragte er in die Runde. „Ja", antwortet Hanna ihm. „Wir haben jetzt auch einen Vornamen des Mörders, zumindest gehen wir davon aus, dass es der Vorname des Mörders ist." Hanna brachte Hartmut Wunder auf den neuesten Stand der Ermittlungen.

Jakob saß in seinem Wohnzimmer. Er hatte den Kamin entfacht und lauschte nun bei einem heißen Kakao dem Knistern des Feuers. Draußen war es bereits Dunkel und es war sehr windig geworden, sodass der vor über einer Stunde eingesetzte Schneefall schon hohe Wehen hinterlassen hatte. Selbst am Fenstersims türmte sich der Schnee.

Die große Wanduhr im Flur begann zu schlagen. Jakob schaute auf seine Armbanduhr. „Sechs Uhr!" Er nahm die Fernbedienung und schaltete den Fernseher ein, um die sechs Uhr Nachrichten zu schauen.

In der ersten Meldung wurde über das Verkehrschaos berichtet, welches das Wetter in den letzten Tagen angerichtet hatte. Danach eine Meldung über den Nahost-Konflikt. In Israel waren wieder Bomben gefallen. Aus dem Gazastreifen wurde Richtung Israel geschossen und die israelische Regierung beschoss den Gazastreifen. Jakob hasste den Krieg, es würden wieder viele

Menschen sterben auf beiden Seiten, Israelis und Palästinenser – muslimische Israelis gegen jüdische Israelis. Obwohl er Jude war, war er nicht auf der Seite der israelischen Regierung. Er wünschte sich Frieden.

„Nun bittet die Polizei in Bremen um ihre Mithilfe." An der Schautafel hinter der Nachrichtensprecherin erschien ein Phantombild. Im ersten Moment erschrak er, fasste sich aber schnell wieder. „Gar nicht schlecht getroffen", dachte er bei sich.

„Die Polizei Bremen sucht mit Hilfe dieses Phantombildes nach einem Serienmörder, der seit gut zwei Wochen sein Unwesen in Bremen Nord treibt. Ihm sind bereits vier Männer zum Opfer gefallen. Die vier Morde stehen mit hoher Wahrscheinlichkeit im Zusammenhang mit Schmuckgegenständen jüdischer Herkunft oder auch anderen jüdischen Kulturschätzen, die die ermordeten

Männer zum Verkauf auf einer Internet Plattform angeboten hatten."

Im Hintergrund sah man Fotos der Gegenstände.

„Es ist bereits bekannt, dass die Familiengeschichte der vier Ermordeten im Zusammenhang steht, sodass die Polizei davon ausgeht, dass es sich bei dem Mörder dieser vier Männer um die gleiche Person handelt. Der Mann benutzte zum Ankauf der Kunstgegenstände auf der Internet Plattform den Namen „Alexander Fellener". Es ist bereits klar erwiesen, dass dieses nicht sein echter Name ist. Nach den neuesten Erkenntnissen soll sein Vorname „Jakob" sein."

Jakob stockte der Atem. „Woher wusste die Polizei seinen Vornamen? War sie ihm bereits dicht auf den Fersen?"

Dann wurde das Phantombild noch einmal groß gezeigt.

„Wer hat diesen Mann schon einmal gesehen, kennt ihn oder weiß seinen richtigen Namen.

Melden sie sich bitte bei der Kripo Bremen unter…..

Jakob hörte nicht mehr zu. Er war bereits in die erste Etage seines Hauses in das Schlafzimmer gegangen, nahm eine kleine Tasche aus dem Schrank und fing an das Nötigste einzupacken.

13.

Die Telefonleitungen im Kommissariat liefen heiß. Nur Minuten nach Ausstrahlung des Suchaufrufes in den Nachrichten, kamen die ersten Anrufe rein. Jeder glaubte den Mann gesehen zu haben. Er war angeblich zur gleichen Zeit in Bremen Blumenthal am Bahnhof und in Bremen Mitte an der Schlachte gesehen worden. Trotz der vielen unterschiedlichen Meldungen, wurden alle

Anrufe aufgenommen, um überprüft zu werden.

„Gesehen haben ihn scheinbar viele", Peter kam mit einer langen Liste in Hannas Büro, „aber den vollständigen Namen konnte uns bis jetzt noch niemand sagen". Hanna seufzte, „wie finden wir bloß raus wie der Mann heißt? Wir können nur hoffen, dass nicht noch ein weiterer Mord geschieht." „Schau hier", Peter zeigte auf zwei Namen auf der Liste, „Hier haben wir zwei Adressen in Bremen Nord bekommen, wo er angeblich schon oft gesehen wurde. Ich habe schon zwei Beamte zur Überprüfung hingeschickt." Hanna war skeptisch, „Es ist eher unwahrscheinlich, dass er dort gemordet hat, wo er auch lebt. Aber wir müssen jeder Spur nachgehen." Sie schaute sich die gesamte Liste, die Peter gebracht hat genau an.

Dann klingelte ihr Telefon, es war Uwe Maschen der Rechtsmediziner. „Hallo Uwe, hast du schon die Todesursache von Andreas Sassner herausgefunden?" „Ja, die Blutproben haben ergeben, dass er vergiftet wurde. Es war

Kaliumcyanid, sprich Zyankali. Zyankali ist ein sehr schnellwirkendes Gift. Sobald es in Kontakt mit der Magensäure kommt, blockiert es in Sekundenschnelle die Atmung in den Zellen. Die Zellen sind dadurch nicht mehr in der Lage den lebensnotwendigen Sauerstoff zu verwerten. Wir haben auch Spuren des Giftes in einem der Sektgläser gefunden.", referierte Uwe weiter. „Das ist interessant", sagte Hanna. Uwe fügte hinzu „Ich habe auch gerade mit Thomas gesprochen. Auf den Sektgläsern gibt es nur die Fingerabdrücke des Opfers. Der Täter hat scheinbar Handschuhe getragen. Da kommen wir also nicht weiter." „Danke Uwe für die Infos." Hanna legte auf.

Kai kam ins Büro gestürmt. „Ich habe eine Idee." Hanna und Peter schauten erwartungsvoll zu Kai. „Könnt ihr euch noch daran erinnern, was der Verkäufer aus dem Handyshop gesagt hat. Den Grund warum er sich so gut an Alexander Fellener erinnern konnte?" „Er war der letzte Kunde und sie haben sich länger unterhalten, soweit ich mich erinnere", antwortete Hanna. „Sie haben sich über das Forellenangeln unterhalten, da beide das Angeln zum Hobby hatten", warf Peter ein. „Genau", Kai blickte triumphierend zwischen Hanna und Peter hin und her. „Ich habe bereits alle Anglervereine und Örtlichkeiten an denen man Angeln kann rausgesucht. Wir müssen nur noch überall anrufen und fragen, ob es unter den Mitgliedern oder Angelfreunden jemanden gibt, der mit Vornamen Jakob heißt. Außerdem werden wir das Phantombild zeigen. Wenn wir Glück haben, ist unser Mörder dort bekannt." „Gute Idee", warf Hanna ein. „Kannst du das erledigen Peter?" „Klar mach ich." „Schön, dann werde ich die Apotheken übernehmen und mich erkundigen, ob in der letzten Zeit jemand Zyankali gekauft hat." Sie klärte Kai über die neuen Informationen zur Todesursache von Andreas Sassner auf. „Dann helfe ich dir bei den Apotheken", entgegnete Kai. „Da gibt es unheimlich viele in Bremen und im Bremer Umland.

*

Hanna legte genervt das Telefon auf den Schreibtisch. Sie hatte in der letzten Stunde über zwanzig Apotheken angerufen, aber nirgends gab es einen Treffer. Weder wurde in den letzten Wochen in einer der Apotheken Zyankali gekauft, noch wurde überhaupt danach gefragt. „Es ist zum verrückt werden", fluchte sie. Es findet sich kein Anhaltspunkt auf den Täter." Sie stand auf und ging in das Büro von Kai.
„Ich habe keinen Erfolg gehabt Kai. Wie sieht es bei dir aus?" Die Frage hätte sich Hanna auch sparen können. Kai saß mit einem selbstgefälligen Lächeln hinter seinem

Schreibtisch. „Ich habe einen Treffer, Hanna. In der Anker Apotheke in Neuenkirchen wurde vor vier Wochen Zyankali gekauft. Der Apotheker konnte sich noch ganz gut an den Mann erinnern. Er wollte es zur Schmuckreinigung haben." „Wow, das ist ja Wahnsinn Kai. Wie hieß der Mann?" „Das wusste der Apotheker nicht mehr genau. Er sucht jetzt nach den Daten und wir besuchen ihn jetzt in seine Apotheke."

Eine halbe Stunde später trafen Hanna und Kai vor der Anker Apotheke in Neuenkirchen ein. Neuenkirchen lag außerhalb von Bremen in Niedersachsen, gleich hinter der Landesgrenze. Die Schneeverwehungen machten es nicht leicht durch die Straßen zu kommen, die Apotheke hatte schon geschlossen, aber der Apotheker hatte versprochen zu warten. Die Tür war nicht verschlossen und es ertönte ein lautes Klingeln als Hanna sie öffnete.
Der Inhaber der Apotheke hieß Harald Burdorf und kam ihnen schon entgegen um

die Tür hinter Hanna und Kai abzuschließen. Harald Burdorf, war groß und schlank. Hanna schätzte ihn auf Ende fünfzig. Sein schütterndes Haar war auf ein Zentimeter Länge gestutzt.

„Ich habe den Namen schon für sie rausgesucht und ihnen aufgeschrieben. Hier ist er. Der Mann hieß Jakob Bernstein. Ein sehr netter Mann. Er erzählte mir, dass er Schmuckhändler sei und mit dem Zyankali seine Schmuckstücke, die er neu erworben hat säubern wollte." Hanna und Kai schauten sich vielsagend an. Das war ein Volltreffer. Jakob Bernstein - kein Zweifel, das musste der Mörder sein. „Haben sie auch seine Adresse?" Kai war aufgeregt. „Ja natürlich. Wenn ich diese Arten von Chemikalien verkaufe, dann nur mit Vorlage des Ausweises." Er ging zum Kopierer und holte ein Blatt Papier aus dem Schacht. „Bitte, ich habe den Ausweis schon für sie kopiert."

Jakob zog die Schublade in der Esszimmer Vitrine auf, er nahm die kleine Schachtel heraus, die er gestern Abend dort deponiert hatte. Noch ein letzter Blick hinein, um sich ganz sicher zu sein, dann verpackte er die Schachtel. Fein säuberlich schrieb er die Adresse auf den Paketschein und verstaute es in seiner Reisetasche.

Seine Blicke wanderten durch das ganze Haus, er würde nicht wiederkommen. Er wusste, dass sie ihm irgendwann auf die Schliche kommen würden, nur hatte er nicht so schnell damit gerechnet. Es war nur noch eine Kleinigkeit zu erledigen. Seine Gedanken waren bei dem Paket, welches in seiner Reisetasche ruhte. Nur noch dieses Paket, dann war es ihm egal ob sie ihn aufspüren würden oder nicht. Es war ihm nicht mehr wichtig was danach passieren würde. Sein ganzes Leben, seitdem er als Jugendlicher von seinem Vater die Geschichte seines Großvaters erzählt bekam, hatte er nur dieses eine Ziel vor Augen gehabt. Er wollte, dass die

Frauen, Kinder und Eltern dieser Männer genauso leiden müssen, wie es seine Familie die vielen Jahre getan hatte.

Er schloss die Tür zu seinem Häuschen ab und ging in den Garten. Am Ende des Gartens war ein kleines Häuschen. Hier wohnten seine Tiere, seine kleine Familie. Es waren Kaninchen und Hühner, die dieses Häuschen ihr Heim nannten. Er wollte sich von ihnen verabschieden. Jakob liebte Tiere und er hatte gut für sie gesorgt, wenn er nicht mehr da sein würde. Den Schlüssel dazu und auch den Schlüssel zu seinem Haus hatte er schon vor Tagen der Tochter seiner Nachbarin gegeben. Auch Miriam liebte Tiere. Sie kam oft nachmittags zu ihm rüber und half ihm die Tiere zu versorgen. Sie hatte sich sehr gefreut, als er sie bat die Tiere für die Zeit seines Urlaubs zu versorgen. Auch um das Haus sollte sie sich kümmern, Blumen gießen und ab und zu nach dem Rechten schauen.

Dann warf er eine Nachricht für Miriam und ihre Mutter in den Postkasten, damit diese wussten, dass er schon früher verreist war. Er schulterte seine Reisetasche und machte sich auf den Weg zu Bushaltestelle. Der Schnee peitschte ihm ins Gesicht, aber es störte ihn nicht. Er war dick eingemummelt hinter seinem Schal, keiner würde ihn erkennen. Mit dem Bus wollte er bis Bremen Farge fahren, dann in die RS1 der Nordwestbahn steigen und seinen Weg Richtung Bremen fortsetzten.

Als er am Bahnhof Farge ausstieg hörte er von weitem die Sirene eines Streifenwagens, die immer näherkam. Er ging hinüber zur Haltestelle, an der der Zug schon auf ihn wartete und stieg ein. Durch das Zugfenster sah er einen Streifenwagen und ein Zivilfahrzeug mit Sirene mit hoher Geschwindigkeit über die Farger Straße rasen. „Ob sie schon auf dem Weg zu ihm waren?"

*

Hanna und Kai stürmten aus der Apotheke. Hannas Handy summte in ihrer Hosentasche, sie hatte es auf lautlos gestellt. „Hallo Peter." „Hanna ich habe einen Namen. Schon im ersten Angelclub „Zur großen Forelle" habe sie unser Phantombild erkannt. Der Name ist Jakob Bernstein, nur eine Adresse habe ich nicht." „Die Adresse haben wir Peter. Wir sind auf der richtigen Spur. Der Mann, der in der Apotheke vor einigen Wochen das Zyankali gekauft hat, heiß ebenfalls Jakob Bernstein. Ich schicke dir die Adresse jetzt rüber, informiere die anderen. Wir machen uns auf den Weg zu seinem Haus in Bremen-Farge, es ist nicht weit von hier. Bis gleich." „Alles klar, wir beeilen uns."

*

Mit Blaulicht fuhren Hanna und Kai den Weg von Neuenkirchen nach Farge zum Pötjerweg. Als sie in die Straße einbogen, stellten sie die Sirene ab und fuhren langsam bis zu dem Haus von Jakob Bernstein. Sie hielten etwas außerhalb des Blickfeldes der Fenster seines Hauses an, stiegen aus und gingen über die Straße zum Haus.

„Es brennt kein Licht", Kais Hoffnung, dass der Mann zuhause war schwanden. „Das hat nichts zu bedeuten, vielleicht sitzt er in einem Raum, der nach hinten raus geht", sagte Hanna. Die Gartenpforte quietschte leicht beim Öffnen und fiel dann leise ins Schloss zurück. Hanna schaute auf das Klingelschild, „J. Bernstein" stand mit verschnörkelter Schrift in der Mitte des Schildes. Darunter befand sich eine messingfarbende Türklingel. Hanna klingelte. Es erklang eine kurze Melodie, die nach einigen Sekunden noch einmal wiederholt wurde. Im Haus bewegte sich nichts.

Hanna und Kai gingen den Weg zur Eingangspforte zurück, um in den Garten zu gelangen. Auf der Hinterseite des Hauses war ein großes Gartengrundstück mit einer Terrasse. Auch hier war alles dunkel.

„Ich glaube er ist ausgeflogen.", sagte Hanna resigniert. „Ich sage den anderen Bescheid, dass sie ohne Sirene fahren sollen, sobald sie in die Nähe des Hauses kommen. Nicht dass sie uns den Mann noch verschrecken, sollte er gerade auf den Weg nachhause sein." „Mach das Kai und erkundige dich bitte auch, ob der Dursuchungsbeschluss schon da ist. Ich schaue mich ein wenig hier um."

Hanna ging zu dem kleinen Häuschen am hinteren Ende des Gartens, aus dem sie Geräusche gehört hatte. Die Hand schon an ihrer Pistole, das Halfter bereits geöffnet. Vorsichtig öffnete sie die Tür, die nur angelehnt war und wagte einen Blick hinein in das Häuschen. Dann entspannte sie sich wieder. Sie konnte den Raum gut überblicken. Die Geräusche kamen von mehreren Kaninchen, die in ihren Ställen scharten und

einigen Hühnern, die in einem kleinen Gehege vor sich hin gackerten. Hier war niemand. Sie nahm ihre Hand von der Pistole und ging wieder hinaus in den Garten.
„Hier ist er nicht Kai. In dem Gartenhäuschen sind nur ein paar Kaninchen und Hühner. Hast du was gefunden?" „Nein. Ich bin komplett um das Haus herum gegangen, alles ist dunkel. Die Kollegen sind unterwegs." „Ok, wir warten noch auf den Beschluss, dann gehen wir rein."

*

Es machte leise „klick", als die Haustür zu Jakob Bernsteins Haus aufsprang. Der Mitarbeiter trat sofort zurück von der Tür, sodass Hanna und Kai hinein gehen konnten. Nachdem alle Räume gesichert waren und nun klar war, dass sich Jakob Bernstein nicht im Haus befand, rückte die gesamte KTU an um die Spuren zu sichern. Auch Hanna, Kai und Peter teilten sich im gesamten Haus auf, um nach irgendeinem Indiz zu suchen, welches ihnen half herauszufinden, wo sich Jakob Bernstein aufhielt.

„Kai komm mal hier rüber bitte", Hanna war im hinteren Teil des Hauses auf eine Art Büro gestoßen. An der Wand war ein Plakat angebracht. Es sah fast so aus wie auf dem Revier, wenn alle gesammelten Fakten und die Fotos der Opfer an die Wand gepinnt waren. Auch hier hingen die Fotos der Opfer an der Wand, jedoch waren sie hier noch lebendig und man konnte erkennen, dass die Fotos heimlich gemacht worden waren.

„Sieht so aus, als hätte er die Opfer vorher beschattet", sagte Kai und ging näher an Wand. „Die Namen stehen auch darunter. Schau mal Hanna hier", Kai drehte sich zu Hanna um, die sich im Zimmer umschaute und winkte sie her. „Hier ist etwas aufgezeichnet." Er nahm einen Schreibblock hoch, auf dem ein Stammbaum aufgemalt

war, in dem die Familienverhältnisse aller Opfer miteinander verflochten waren. Über den Namen der vier Opfer waren „Äste" gemalt, an deren Enden die Namen der Väter der Opfer standen. Hinter allen Namen waren feinsäuberlich die Geburtsdaten, sowie bei einigen auch die Sterbedaten aufgezeichnet.
„Schau Hanna, auch hinter jedem Opfer steht bereits das Todesdatum. Er hat jeden Mord akribisch im Voraus geplant." Hanna kam näher und nahm den Block. Über den Namen der Väter gingen wieder Stammbaumäste nach oben ab, die aber zusammenliefen, so als hätten sie einen gemeinsamen Ursprung. Hanna blätterte den Block um. Auf der folgenden Seite trafen die vier Äste zusammen. Darüber war in roter Schrift das Wort „Konzentrationslager Mauthausen" geschrieben und zwei Mal dick unterstrichen.
„Wir lagen also genau richtig Kai. Alles hat seinen Ursprung im Konzentrationslager Mauthausen, wo die Väter der Opfer zusammen als Aufseher gearbeitet haben." Hanna blätterte weiter. Auf der nächsten Seite

war der gesamte Stammbaum der Familie Bernstein aufgemalt. Alles war in altdeutscher Schrift geschrieben. Ganz unten war der Name Jakob Bernstein. Darüber die Namen der Eltern Elias und Nuriel Bernstein, geborene Löwenberger. „Es stehen nur die Geburtsdaten der Eltern hinter den Namen. Es könnte also gut möglich sein, dass seine Eltern noch Leben.", sagte Hanna zu Kai gewandt. Über den Namen Elias Bernstein ging der Stammbaum weiter. Hier waren die Großeltern von Jakob aufgeschrieben. Sie hießen David und Estha Bernstein, geborene Adam. Eine zweite Verästelung ging nach unten. „Es gab also auch noch eine Tochter namens Ava Bernstein, die Tante von Jakob.", analysierte Kai. Hinter diesen drei Namen gab es jeweils ein Geburtsdatum, sowie ein Sterbedatum. Estha Bernstein, geboren am 3. Juli 1920 in Köln, gestorben am 10. Februar 1944 in Mauthausen. Ava Bernstein, geboren am 1. August 1937 in Bremen, gestorben am

10. Februar 1944 in Mauthausen. David Bernstein, geboren am 24. Dezember 1917 in Bremen, gestorben am 15. Februar 1944 in Mauthausen. „In Mauthausen", las Hanna laut vor. „Das ist der Zusammenhang. Die ganze Familie Bernstein ist im zweiten Weltkrieg nach Mauthausen deportiert worden und ist dort umgekommen. Nur der Sohn, also der Vater von Jakob hat überlebt. Dem Sterbedatum nach sind sie alle drei in der Zeit gestorben, als die Väter der vier Opfer dort als Aufseher gearbeitet haben." „Das ist in jedem Fall das Motiv für seine Taten." Kai suchte auf dem Sideboard, welches sich direkt an der Wand unter den Fotos befand nach weiteren Aufzeichnungen. „Jetzt müssen wir nur noch herausfinden, wo sich Jakob aufhält." Kai atmete tief durch. „Kai, ich glaube ich weiß wo er sein könnte". „Wo denn?", Kai blickte erwartungsvoll auf. „Die Eltern von Jakob, der Sohn, der als einziger das Konzentrationslager überlebt hat. Laut dem Stammbaum leben die Eltern noch." „Du hast Recht Hanna. Jakob hat immer über diese

Onlineplattform für jüdische Kunstschätze Kontakt zu seinen Opfern aufgenommen. Vielleicht hat er nach bestimmten Schmuckstücken gesucht." „Und dieser Schmuck ist eventuell sogar der alte Familienschmuck, der seinen Großeltern abgenommen wurde", beendete Hanna den Satz. „Dann ist er hundertprozentig auf dem Weg zu seinen Eltern, um seinen Vater den Schmuck der Großeltern zu übergeben." Kais Gesicht hellte sich auf.

„Wir haben hier eine Adresse auf dem Küchentisch gefunden. Es steht auch ein Datum und eine Zugverbindung auf dem Zettel." Peter kam ins Büro und blieb staunend stehen, als er an der Wand die Fotos der vier Opfer sah. „Die Adresse ist in Worpswede, Elias und Nuriel Bernstein. Wenn er diese Zugverbindung hier genommen hat, dann haben wir ihn nur knapp verpasst." „Das sind seine Eltern, Peter. Er ist auf den Weg zu ihnen." Hanna wurde hektisch. „Wir müssen ihm zuvorkommen."

14.

Der Zug fuhr in den Hauptbahnhof Bremen ein und hielt mit quietschenden Rädern auf Gleis fünf an. Die Türen öffneten sich und Jakob stieg aus. Er atmete die frische Luft ein, die ihm bei dem Betreten des Gleises entgegen strömte. Im Zugabteil war die Luft heute sehr stickig gewesen und bei dem Versuch die Fenster zu öffnen, hatte er lautstarke Proteste der Mitreisenden geerntet. Er ging das Gleis Richtung Treppe, die ihn nach unten in einen Tunnelgang führte. Hier gab es viele kleine Geschäfte, in denen die Reisenden ihre Wartezeit auf den Anschlusszug verbringen konnten. Der Gang führte ihn in die Bahnhofshalle. Auf seinem Weg kam er an einem Bäcker vorbei. Bei dem

Anblick der köstlich belegten Brötchen, machte sich sein Bauch bemerkbar und er gönnte sich ein leckeres Brötchen mit Käse und frischem Salat. Er hatte noch ein wenig Zeit, bis der Bus nach Worpswede vom Bahnhofsvorplatz abfuhr und so setzte er sich auf eine Bank in der großen Bahnhofshalle und beobachtete das bunte Treiben der Leute, die geschäftig an ihm vorbei eilten um ihren Zug zu bekommen.

Während er in das Brötchen biss fiel sein Blick auf die Zeitungen, die am Kiosk gegenüber hingen. Sein Phantombild prangte ihm entgegen. Sowohl der Weser Kurier als auch die Bildzeitung brachte es als Titelstory auf der ersten Seite. Er zog sich die Mütze tiefer ins Gesicht und schob den Schal bis zur Nase hoch. Dann stand er auf und machte sich auf den Weg zur Busstation. Er hatte noch gut fünfundvierzig Minuten Fahrt mit dem Bus vor sich, bevor er in Worpswede ankommen würde. Bei den Wetterverhältnissen würde die

Fahrt wohl eher noch länger dauern. Der Weg ging größtenteils über Landstraßen und die waren in der Regel nicht gut vom Schnee geräumt. Aber es war ihm auch nicht wichtig wann er ankam. Wichtig war nur, dass er ankam. Er würde nur das Päckchen übergeben und sich dann sofort wieder verabschieden. Wohin ihn danach sein Weg führen würde, hatte er noch nicht geplant. Er wollte auch nicht mehr planen. Jahrelang war sein Leben nach einem festgelegten Plan verlaufen, seinen für sich eigens festgelegten Plan. Jetzt hatte er den letzten Punkt erreicht. Mit der Übergabe des Päckchens endete alles was er für sich aufgestellt hatte. Wie auch immer es weitergehen würde, er würde es hinnehmen und zufrieden sein.

Der Bus stand schon an der Haltestelle. Es war die „670" in die er jetzt einstieg und sich einen Platz in der hintersten Reihe suchte. Die Hand fest um seine Reisetasche gelegt, schloss er die Augen und dämmerte beim Anblick der fallenden Schneeflocken ein.

Langsam fuhr die Polizeikolonne, bestehend aus zwei Zivilfahrzeugen und einem Streifenwagen durch Worpswede. Sie bogen in die Osterweder Straße ein und kamen auf der linken Seite an einem Aldi Markt und an einem Lidl vorbei. Hanna fuhr nach Navigationssystem. Sie war zwar schon einige Male in Worpswede gewesen, aber es war dunkel und sie kannte nicht jede einzelne Straße.

Worpswede war eine Gemeinde im Landkreis Osterholz-Scharmbeck, in Niedersachsen, nordöstlich von Bremen und lag mitten im Teufelsmoor. Eine sehr schöne Landschaft, auch als Erholungsgebiet und Künstlerdorf bekannt. Es gab hier sogar einen 54,4 Meter hohen kleinen Berg, den Weyerberg. Der bekannte Maler Otto Modersohn und seine Frau Paula Modersohn-Becker haben hier gelebt. Heute jedoch spielte Kunst und Erholung keine Rolle in Worpswede. Heute sollte hier ein Serienmörder gefasst werden.

Sie fuhren die Osterweder Straße weiter, bis sie nach einigen Minuten an die Abzweigung zum Umbeckweg kamen, wo die Kolonne am rechten Fahrbahnrand zum Stehen kam. Von hier waren es noch etwa hundertfünfzig Meter bis zu der Adresse, die Peter im Haus von Jakob Bernstein gefunden hatte. Die Eltern von Jakob wohnten dort in einem kleinen Gehöft und sie waren sich sicher, dass er auf dem Weg hierher war.

Kai gab über Funk letzte Anweisungen über den bevorstehenden Einsatz. Jeder bekam seinen Platz zugewiesen, zu dem er sich möglichst unauffällig hinbewegen sollte. Dann fuhren sie einzeln und zeitversetzt in den Umbeckweg ein.

Hanna und Kai fuhren langsam an dem Haus von Elias und Nuriel Bernstein vorbei, wendeten das Auto an der nächsten Biegung und parkten zwanzig Meter entfernt auf der gegenüberliegenden Straßenseite auf dem Grünstreifen. Von hier aus hatten sie einen guten Einblick auf den Eingang des Hauses.

Im Haus brannte Licht und man konnte ab und zu durch das Fenster sehen, wie jemand durch den Raum ging. Es war also auf alle Fälle jemand zuhause. Jetzt hieß es warten. In einer viertel Stunde würde laut Fahrplan der Bus vom Bremer Hauptbahnhof in Worpswede eintreffen. Noch knapp zehn Minuten Fußweg von der Haltestelle und dann müsste Jakob Bernstein hoffentlich am Haus seiner Eltern eintreffen. Solange wollten sie warten, um ihn nicht zu warnen. Sollte er in dieser Zeit nicht hier ankommen, würden sie reingehen, so der Plan. Ein Streifenwagen stand vor einer Kneipe mit Blick auf die Haltestellte und Peter war mit einem weiteren Kollegen in Zivil an einer Straße hinter dem Grundstück des Hauses, falls er von der Rückseite kommen würde.

„Ich hoffe wir liegen richtig", sagte Kai zu Hanna. „Das hoffe ich auch Kai. Aber alles was wir in dem Haus von Jakob Bernstein gefunden haben spricht dafür, dass er hier auftauchen wird. Und es spricht auch alles dafür, dass seine Mission beendet ist und wir keine weiteren Morde zu befürchten haben."

*

Der Bus fuhr in Richtung Ortsausgang davon. Jakob schulterte seine Reisetasche und machte sich auf den Weg nachhause. Er hatte das Gefühl, dass der Wind hier in Worpswede noch etwas eisiger wehte als in Bremen Nord. Im Bus war er immer wieder eingenickt und gerade noch rechtzeitig aufgewacht, bevor er aussteigen musste.

Das Haus seiner Eltern war nicht weit entfernt, er musste ungefähr fünfzehn Minuten laufen um es zu erreichen. Sie wussten nicht, dass er kommen würde und auch nicht warum er kommen würde. Aus den Augenwinkeln sah er an der Kneipe hinter der Bushaltestelle eine Polizeistreife stehen. „Sie sind also schon da", er lachte lautlos. So einfach würde er es ihnen nicht machen. Am nächsten Haus verließ er die Straße. Er war hier aufgewachsen und kannte viele Wege nachhause. Hinter dem Haus war ein Feld, es lag brach aber es war dunkel und so konnte ihn keiner sehen. Als er das Feld zur Hälfte durchquert hatte blieb er stehen. Dann änderte er seine Richtung und lief rechts wieder aus dem Feld heraus. Er hatte seinen Plan geändert. Wieder auf der Straße angekommen, lief er zielstrebig auf ein Haus zu, welches ein Stück ab der Straße am Eingang eines kleinen Waldes stand. Es war Licht im Haus und so ging er zur Tür und klingelte. Aus dem Inneren des Hauses hörte er Schritte, dann wurde die Tür geöffnet.

„Hallo Jakob, welch eine Überraschung. Wie schön dich zu sehen." „Guten Abend Joshua. Ich habe nicht viel Zeit, aber ich möchte dich um einen Gefallen bitten." „Komm doch erst einmal rein Jakob. Für einen Tee wirst du sicherlich Zeit haben." „Tut mir leid Joshua, vielleicht ein anderes Mal, ich muss meinen Zug erreichen." Er nahm die Reisetasche von der Schulter, öffnete den Reißverschluss und holte das kleine Päckchen, adressiert an seine Eltern heraus. „Joshua, du musst mir diesen einen Gefallen tun bitte", Jakob hielt Joshua das Päckchen hin. „Kannst du es bitte morgen bei meinen Eltern abgeben? „Was ist passiert, habt ihr euch gestritten?" „Nein, es ist alles gut, aber ich muss dringend weiter und ich möchte sie nicht endtäuschen, wenn ich nicht länger bleiben kann. Ich werde sie besuchen, wenn ich wieder komme.", antwortete Jakob. „Natürlich mache ich doch gerne Jakob, wir sind doch alte Freunde." „Danke Joshua. Ich mache es wieder gut." Jakob gab ihm die Hand, drehte sich um und verschwand in der Dunkelheit.

„Wir gehen jetzt rein Kai. Er müsste schon längst da sein, wenn er wirklich den Zug genommen hat den wir vermuten." „Laut Streife hat der Bus pünktlich an der Haltestelle gehalten und es sind drei Männer und eine

Frau ausgestiegen", sagte Kai. „Ja, aber wenn er dabei gewesen wäre, hätte er schon längst hier angekommen sein müssen." „Ok, dann lass uns rein gehen Hanna." „Achtung an alle" Kai sprach in das Funkgerät. „Hanna und ich gehen jetzt rein. Bleibt alle auf euren Positionen."

*

Hanna klingelte an der großen zweiflügligen Eichentür. In der oberen Hälfte der Tür waren Butzenfenster eingebaut, auf jeder Seite sechs. Jedes einzelne Fenster hatte eine gehäkelte Gardine, die an den vier Ecken des Fensters eingespannt war. Im Flur ging das Licht an und man hörte leise Schritte, die immer näherkamen. Dann wurde die Tür geöffnet. Vor Hanna und Kai stand eine kleine, zierliche Frau mit einer grauen, zu einem Dutt gebundener Frisur.

„Guten Abend, was kann ich für sie tun?" sie schaute zwischen Hanna und Kai hin und her. „Guten Abend Frau Bernstein?" „Ja, mein Name ist Nuriel Bernstein und wer sind sie bitte?" „Mein Name ist Hanna Wolf und das ist mein Kollege Kai Siemer. Wir sind von der Kripo Bremen. Dürfen wir reinkommen?" „Oh ist was passiert, mit Jakob?"

„Was ist los Nuriel, wer ist an der Tür?" „Es ist die Polizei Elias", antwortete Nuriel Bernstein ihrem Mann und zu Hanna und Kai gewandt, „bitte kommen sie rein".

Hanna und Kai traten in eine große Eingangshalle ein, die sehr geschmackvoll mit alten, rustikalen Möbeln eingerichtet war.

„Kommen sie hier entlang. Mein Mann sitzt im Wohnzimmer", sie zeigte ans Ende der Eingangshalle auf eine offene Tür, aus dem das Gemurmel eines Fernsehers zu hören war. Hanna und Kai folgten ihr und betraten ein großes Wohnzimmer. An der rechten Seite befand sich eine hohe Anbauwand, die bis an die Decke reichte. Die Hinterwand des Raumes war gemauert. Davor brodelte ein Kaminofen, der wohlige Wärme im ganzen Wohnzimmer verbreitete. Auf einem Sessel daneben saß ein Mann, der dem Phantombild von Jakob Bernstein sehr ähnlichsah. Als Hanna und Kai den Raum betraten, nahm er die Fernbedienung und schaltete den Fernseher aus. Langsam erhob er sich aus dem Sessel, ging auf Hanna und Kai zu. „Guten Abend, ich bin Elias Bernstein. Setzen Sie sich." Er zeigte auf eine Sitzgruppe im vorderen Teil des Wohnzimmers. „Was können wir für sie tun?" „Guten Abend Herr Bernstein. Mein Name ist Hanna Wolf und dies ist mein Kollege Kai Siemer. Wir sind von der Kripo Bremen. Wir suchen ihren Sohn Jakob. Können sie uns sagen wo er sich zurzeit aufhält?" „Jakob? Nein, wir haben ihn schon seit einer Woche nicht mehr gesehen. Meine Frau hatte letzte Woche Geburtstag und da hat er uns besucht. Es war ein sehr schöner Abend. Seitdem haben wir nichts mehr von ihm gehört. Was ist denn passiert?" Kai begann nun Jakobs Eltern von ihren Vermutungen zu erzählen. Es herrschte Totenstille am Tisch, nach dem Kai zu Ende erzählt hatte. „Unser Sohn, ein Mörder?" Frau Bernstein schluchzte laut auf. Elias Bernstein atmete einmal tief durch, dann begann er zu erzählen.

*

„Es war Anfang Dezember 1943", ich wohnte mit meinen Eltern David und Estha Bernstein und meiner kleinen Schwester Ava in Bremen St. Magnus, in einem kleinen Häuschen am Knoops Park. Mein Vater hatte ein kleines Lebensmittelgeschäft, welches uns reichte, um ein gutes Auskommen zu haben. Bei Machtübernahme der Nationalsozialisten wurde es schwierig, sodass er es einige Zeit später schließen musste. Danach haben wir uns mit Nähereien meiner Mutter und anderen kleinen Arbeiten über Wasser gehalten. Da wir als jüdische Familie nichts mehr machen durften, kein Kino, kein Theater und so weiter, brauchten wir auch nicht mehr viel zum Leben. Wir wurden genügsam und waren froh, dass man uns in Ruhe ließ.

Anfang Dezember aber, wurden immer mehr Freunde in Bremen deportiert. Jedes Mal, wenn es an der Tür klingelte, hatten wir Angst, dass es die Gestapo war und uns abholen wollte. Eines Abends, nachdem mein Vater erfuhr, dass sein alter Geschäftspartner abgeholt wurde, begannen meine Eltern wertvolle Dinge wie Schmuck, oder auch ein paar wertvolle jüdische Bücher im Wohnzimmer zusammen zu packen. Meine Mutter konnte sehr gut nähen. Sie trennte unserer Kleidung auf nähte all unsere Reichtümer in die Kleidung ein. Ich erinnere ich noch gut daran. Die ganze Nacht verbrachte sie damit, während sie mir und meiner Schwester kleine fröhliche Geschichten erzählte. Sie war eine wundervolle und starke Frau."

Hanna schluckte und musste ihre Tränen zurückhalten. Die Geschichte berührte sie sehr. Elias Bernstein erzählte weiter.

„Tatsächlich klingelte es am nächsten Morgen an der Tür und die Gestapo kam. Aber wir waren gut vorbereitet. Jeder von uns trug die Kleidung, die Mutter für ihn vorbereitet hatte. Die Männer waren sehr grob mit uns. Vor dem Haus stand ein Wagen mit einer großen Ladefläche, auf dem schon einige Menschen saßen. Wir mussten auf die Ladefläche klettern und uns dort auf den Boden hocken. Keiner sprach ein Wort. Dann ging es zum Bahnhof, wo wir alle in einen Zug stiegen, der uns zu einem weiteren Bahnhof außerhalb Bremens brachte. Hier wurde unsere Familie getrennt. Das war das letzte Mal, dass ich meine Eltern und meine Schwester gesehen habe. Meine gesamte Familie ist ins Konzentrationslager Mauthausen gebracht worden und dort umgekommen. Ich selber kam nach Neuengamme und habe als einziger überlebt. Im April 1945 sind wir in langen Märschen bis nach Bergen Belsen gelaufen. Dort wurden wir uns selber überlassen, es war furchtbar. Ich war damals neun Jahre alt. Am 15. April 1945 wurde unser Lager dann von britischen Truppen befreit. Wie durch ein Wunder habe ich überlebt. Aber ich war gebrochen und alleine. Dann habe ich meine liebe Frau Nuriel kennengelernt. Auch ihre Familie war in einem Konzentrationslager. Bis auf den Vater haben sie alle überlebt. Erst 1975 war es uns vergönnt noch ein Kind zu bekommen, Jakob unser einziger Sohn. Ich habe ihm oft unsere Familiengeschichte erzählt, er wusste wie sehr ich gelitten habe." Jetzt brach auch Elias Bernstein in Tränen aus. „Ich habe Schuld, dass alles so gekommen ist." Nuriel nahm seine Hand und drückte sie. Auch ihr liefen die Tränen über das noch jung gebliebene Gesicht. „Nein

Elias, du hast keine Schuld. Deine Familiengeschichte ist sehr wichtig und es ist gut, dass du sie an unseren Sohn weitergegeben hast. Keiner hat gewusst, dass so etwas passieren würde. Mach dir keine Vorwürfe. Lass uns der Polizei helfen soweit wir können, damit nicht noch mehr passiert." Elias schaute seine Frau voller Liebe an und nickte. „Ich bin mir ziemlich sicher, dass er auf dem Weg nach Israel ist.", sagte er mit fester Stimme.

15.

Als er den ersten Fuß auf die Gangway setzte, wusste er, dass er es geschafft hatte. In knapp sieben Stunden würde er israelischen Boden unter seinen Füssen haben. Das erste Mal würde er seine Heimat betreten. Langsam, aber bestimmt schritt er die letzten Stufen zum Eingang des Flugzeuges hoch, welches ihn nach Tel Aviv bringen sollte. Nur ein

Zwischenstopp in Frankfurt, dann würde er Deutschland für immer verlassen haben.

Sein Platz war in der ersten Reihe, gleich hinter dem Cockpit, direkt am Fenster. Die Türen schlossen sich und die Stewardess begann mit ihrer kleinen Vorführung. Das Flugzeug setzte sich in Bewegung und fuhr langsam in Richtung Startbahn und wurde schneller.

Jakob lehnte sich in seinem Sitz zurück und schaute aus dem Fenster. Im Cockpit war Unruhe. Er merkte wie das Flugzeug wieder langsamer wurde. Aus der Ferne hörte er Sirenen und sah wie ein Streifenwagen und ein weiteres Auto mit Blaulicht auf das Flugzeug zu fuhren. Die Reifen quietschten jetzt leicht und das Flugzeug kam auf der Startbahn zum Stehen. Die Passagiere begannen zu flüstern und jeder versuchte einen Blick aus den kleinen Fenstern des Flugzeuges zu erhaschen, wo die Streifenwagen jetzt neben dem Flugzeug anhielten.

Jakob schloss die Augen und blieb ruhig. „Kleine Planänderung", dachte er.

Die vordere Tür des Flugzeuges öffnete sich, währen die Gangway wieder ran geschoben wurde. Zwei schwer bewaffnete Polizisten betraten das Flugzeug.

„Alle bitte ganz ruhig bleiben. Jakob Bernstein? Bitte erheben sie sich ganz langsam, die Hände über den Kopf." Jakob stand vorsichtig auf. Die Frau neben ihm schrie leise auf. Er nahm die Hände hinter den Kopf, drehte sich zu den Polizisten um und trat langsam aus der Sitzreihe heraus.

„Bleiben sie stehen", rief der Polizist jetzt. Er kam auf ihn zu, drehte ihn um, nahm seine Hände und legte ihm Handschellen an. Die übrigen Passagiere schauten Jakob entsetzt an, der jetzt mit den zwei Polizisten zusammen das Flugzeug verließ.

Unten am Ende der Gangway standen Hanna, Kai und Peter. Sie nahmen Jakob entgegen.

„Jakob Bernstein, wir nehmen sie fest wegen des Verdachtes des vierfachen Mordes. Sie haben das Recht zu schweigen. Alles, was Sie sagen, kann und wird vor Gericht gegen Sie verwendet werden. Sie haben das Recht, zu jeder Vernehmung einen Verteidiger hinzuzuziehen." Die Truppe entfernte sich vom Flugzeug, welches jetzt wieder in Richtung Startbahn zu Rollen begann.

Jakob wurde in den Streifenwagen gesetzt. Er ließ alles widerstandslos mit sich geschehen.

Seine Mission war zu Ende. Etwas anders als er es geplant hatte, aber alles was ihm wichtig war hatte er geschafft. „Ein bisschen Ruhe wird mir guttun", dachte Jakob als der Streifenwagen losfuhr. Aus dem Fenster sah er sehnsüchtig zu, wie das Flugzeug abhob.

„Das wars also", Hanna lachte erleichtert. „Ja das war es", Kai klopfte Peter auf die Schulter. „Ohne deine Internetrecherchen hätten wir Jakob Bernstein nie so schnell gefunden". „Wir sind eben ein gutes Team", Peter lachte und zündete sich eine Zigarette an.

„Kommt Jungs, uns steht eine lange Vernehmungsnacht bevor." Erleichtert stiegen sie ins Auto und verließen den Bremer Flugplatz in Richtung Bremen Nord.

*

Elias saß am Kamin im Wohnzimmer. Vor ihm ein kleines Päckchen. Gestern Abend hatte die nette Kripobeamtin Hanna Wolf angerufen. Sie hatten Jakob in Haft genommen. Er saß bereits im Flugzeug nach Tel Aviv, genauso wie er es sich gedacht hatte. Er hatte seinen eigenen Sohn verraten, das schmerzte ihn sehr. Vor allem, da er sich selber die Schuld an dem gab, was passiert war. Viel zu oft hatte er Jakob die alten Familiengeschichten erzählt und zu sehr hatte Jakob gespürt, wie sehr es ihn immer noch quälte. Er und Nuriel hatten den ganzen Abend gesprochen. Nuriel war seine engste Vertraute, seine beste Freundin, seine Frau und für ihn die schlaueste Frau auf dieser Erde.

Abends dann hatte es an der Tür geklingelt. Es war Joshua, Jakobs bester Freund. Sie waren zusammen zur Schule gegangen und hatten jeden freien Tag miteinander verbracht. Er gab Elias das Päckchen, welches Jakob ihm am Abend zuvor übergeben hatte, mit der Bitte es seinen Vater zu bringen.

Elias nahm es, hatte aber keine Kraft es zu öffnen an diesen Abend.

Nun lag es bereits seit einer Stunde auf seinen Knien. Nuriel saß neben ihn und hatte ihre Hand auf seine gelegt. Ihr Blick war liebevoll und voller Vertrauen. Er fing ihren Blick auf, sie nickte ihm zuversichtlich zu. Elias begann das Päckchen zu öffnen. Er nahm eine kleine Schmuckschatulle heraus und ließ den Verschluss langsam aufklappen. Seine Augen füllten sich mit Tränen, er schaute zu Nuriel, die seine Hand noch fester umschloss. Er flüsterte „die Ohrringe, die Ohrringe meiner Mutter", seine Gedanken gingen zurück zu dem Abend, als seine Mutter die ganze Nacht den Familienschmuck in ihre Kleidung einnähte….

Dezember 1943

Elias und Ava saßen gemütlich im Wohnzimmer ihres kleinen Häuschens am Knoops Park. Die Stimmung war ausgelassen und entspannt. Vor jedem stand eine dampfende Tasse mit heißem Kakao. Zur Feier des Tages hatte ihre Mutter heute ein Teller mit selbstgebackenen Plätzchen auf den Tisch gestellt. Mutter backte köstlich. Heute war ein besonderer Tag. Mutter und Vater hatten den kompletten Familienschmuck und noch andere Kostbarkeiten der Familie zusammengetragen. Sie taten geheimnisvoll und tuschelten den ganzen Abend miteinander. Jeder sollte seine beste

Ausgehkleidung ins Wohnzimmer bringen, welche er am liebsten trug zurzeit. Elias hatte seine graue Flanellhose gebracht, ein weißes Hemd und den dicken schwarzen Wollpullover.

Es war kalt, so kalt, dass der Atem gefror, wenn man aus dem Haus trat. Den ganzen Nachmittag waren er und Ava Rodeln im Knoops Park. Den Schlitten hatte sein Vater selber gebaut in diesem Winter. Der alte war im letzten Jahr in der Lesum versunken, ein kleiner Nebenfluss der Weser. Er war die „Todesbahn" heruntergeschlittert. So nannten sie den Rodelberg, der direkt bis an die Lesum runter ging und man musste schnell genug vorher abbiegen um nicht mitsamt Schlitten in der Lesum zu versinken. Waghalsig hatte er sich das erste Mal getraut diesen Berg hinunter zu fahren. Kurz vorher war er dann abgesprungen und sein Schlitten versank vor seinen Augen und war nicht mehr zu Retten.

Nun hatte Vater einen neuen gebaut und er musste versprechen, dass er nur die kleinen, ungefährlichen Berge mit Ava hinunter rodeln würde. Durchgefroren waren die zwei bei Einbruch der Dunkelheit nachhause gekommen.

Als sie ins Wohnzimmer kamen, lag schon der Familienschmuck auf dem Wohnzimmertisch und er und Ava fragten neugierig, was denn los sei.

Sein Vater erklärte ihm, dass sie den Schmuck in ihre beste Kleidung einnähen wollten. Er hatte gehört, dass die Nationalsozialisten alle Kostbarkeiten stehlen würden, wenn sie kommen würden. Das Einnähen in die Kleidung, die sie trugen, wäre das beste Versteck.

Irgendwann rief ihn sein Vater zu sich her. Er ging mit ihm in die Küche. „Setzt dich zu mir mein Junge", sagte sein Vater und zog einen Küchenstuhl zu sich heran, damit Elias ganz dicht an ihm sitzen konnte. „Ich zeige dir jetzt etwas und ich zeige es nur dir. Deine Schwester ist noch zu klein um es zu verstehen." Elias wurde aufgeregt. Wenn sein Vater sich mit ihm zurückzog, war es immer etwas ganz Besonderes. Er legte ein paar goldene Ohrringe auf den Tisch. Elias schaute seinen Vater fragend an. „Wem gehören sie?" „Dieses sind die Ohrringe deiner Großmutter. Sie hat sie von deinem Großvater, meinem Vater zur Hochzeit bekommen. Sie sind von ganz besonderem Wert." „Sind sie sehr teuer gewesen", fragte Elias. „Nein das ist nicht das Wertvolle an den Ohrringen. Sie haben davor der Mutter deines Großvaters gehört und davor deren Mutter. Sie sind sehr alt und befinden sich schon seit vielen Generationen in unserer Familie." Elias staunte, „so alt sind die Ohrringe schon?" Ja sie sind sehr alt. Sie wurden vor knapp tausend Jahren von einem Goldschmied in Jerusalem hergestellt für einen Mann, der sie seiner Frau zur Verlobung schenken wollte. An diesem Tag beginnt die Geschichte dieser Ohrringe und von da an wurden sie immer eine Generation weitergegeben. Sie werden ausschließlich dem ersten Kind der Familie weitervererbt." „Das heißt, ich bekomme die Ohrringe, wenn ich groß bin, Vater?" „Ja, wenn du eine Frau gefunden hast, bekommst du die Ohrringe." Er lächelte Elias zärtlich an. „Die Ohrringe wird deine Mutter jetzt in meinen Wintermantel einnähen. Dort sind sie sicher vor den Nationalsozialisten. Den Mantel werde ich den ganzen Winter tragen und nicht aus den Augen lassen. Nur du und deine Mutter wissen darüber Bescheid. Pass gut darauf auf." David Bernstein strich seinem Sohn über den Kopf. „Komm, lass uns nun zurück ins Wohnzimmer zu deiner Mutter und deiner Schwester gehen. Sonst sorgen sie sich noch."

Den restlichen Abend ließ Elias die Ohrringe nicht mehr aus den Augen. Er beobachtete jeden Stich, den seine Mutter tat, bis die Ohrringe im Saum des Wintermantels komplett verschwunden waren.

Nachwort

Die ersten Zeilen dieses Buches sind schon vor gut zehn Jahren entstanden. Bis zum ersten Mord bin ich damals gekommen, dann hatte ich es wieder aufgegeben. Seit meiner Kindheit schreibe ich ab und zu kleine Geschichtchen, die sicherlich noch irgendwo auf dem Dachboden zu finden sind, in einem Karton in der hintersten Ecke. Dort, wo sich auch noch sämtliche Schulsachen von der ersten bis zu dreizehnten Klasse befinden. Ich habe alles aufbewahrt und kann mich nicht davon trennen. Ich denke, das habe ich von meinem Vater geerbt, dem es auch sehr schwer fällt sich von seinen Erinnerungen zu verabschieden.

Vor drei Jahren habe ich ernsthaft angefangen zu schreiben. Ein Zufall hatte mich dazu gebracht, eine Autobiographie zu schreiben und tatsächlich als Buch zu veröffentlichen.

Als ich dann während Corona die Zeit fand meinen Computer „aufzuräumen", stolperte ich über die Datei dieser bereits begonnenen Geschichte. Ich entschied mich den Krimi, den ich vor zehn Jahren begonnen hatte, endlich zu beenden.

Es war ein hartes Stück Arbeit und ich bin sehr stolz darauf.

Natürlich möchte ich auch einigen Menschen danken, so wie es sich gehört am Ende eines Buches:

Als erstes möchte ich meinem Mann danken. Er musste mit mir das Jahr über immer wieder und unermüdlich neue Spazierwege in Bremen Nord erkunden, zusammen mit unseren zwei Hunden Gibbs und Alex, die sich sehr darüber freuten. Auf der Suche nach neuen Tatorten, haben wir so einige schöne Plätze in Bremen Nord neu entdeckt. Außerdem wurde er von mir immer wieder genötigt einige Passagen zwischen Tür und Angel anzuhören, um mir zuzustimmen, dass sie wirklich detailgetreu beschrieben waren, sodass ich dann weiterschreiben konnte.

Auch meiner Tochter Janne möchte ich danken. Zwischen Duschen und Zähneputzen erzählte ich ihr immer wieder, wie ich mir die Geschichte weiter vorstellen würde und erwartete natürlich immer ein „das klingt gut Mama", welches ich auch stehts bekam.

Meine Eltern, die neben uns wohnen, las ich ebenfalls immer wieder einige Passagen aus dem Buch vor. Ihre Bestätigung war mir besonders wichtig.

Meiner lieben Freundin Marion gilt ebenfalls mein Dank. Sie hat als Erste das fertige Buch zum Lesen von mir bekommen und ich habe gespannt auf ihr „Go" gewartet, ohne dass dieses Buch nicht in den Druck gegangen wäre.

Anne, auch dich musste ich wieder und wieder mit den grammatikalischen Feinheiten nerven. Danke, dass du mir immer wieder tapfer auf meine Fragen geantwortet hast.

Für die fachliche Unterstützung danke ich Kalle und Michael, die ich in ihrer Funktion als Polizisten so einige Male mit Fragen löchern musste.

Ein letzter Dank geht an den Protagonisten meiner ersten zwei Bücher, ohne dem ich nie begonnen hätte zu schreiben.

-ENDE-

Über die Autorin

Ines Allerheiligen ist in Bremen geboren und lebt mit ihrer Familie in Bremen – Nord. Nach dem Abitur hat sie eine kaufmännische Ausbildung gemacht, sowie eine Ausbildung zur Krankenschwester. Nach einigem beruflichen hin und her, mal im medizinischen Bereich, mal im Kaufmännischen, hat sie nun in der Flüchtlingshilfe endlich die Arbeit gefunden, die sie erfüllt.

Lesen sie auch:

Ines Allerheiligen erzählt, wie sie den Syrer Apo im Internet kennenlernt und ihm die Flucht nach Deutschland ermöglicht. Eine unglaubliche, aber wahre Geschichte einer Flucht.

ISBN: 9783957536464

Alles gut? Apo war in Deutschland. Ich hatte gedacht, alle könnten nun zur Ruhe kommen. Doch die deutsche Bürokratie und Apo`s Gefühlswelt sollten mir einen gewaltigen Strich durch meine Pläne machen. Auch hatte ich die Gefühle unterschätzt, die Menschen überwältigen, die ihre Heimat verloren haben und einem komplett neuen System gegenüberstehen.

ISBN: 9783957537621